Yuki Yoshihara

VENUS NI ARAZU

SOMMAIRE

INTRODUCTION

Yoshiko Miyoshi est un mannequin sans succès qui s'est fait remarquer par **Tarô Chûjô**, professeur d'université et sculpteur de génie. Depuis qu'il l'a engagée comme modèle exclusif, elle lutte contre les pulsions tactiles de maître Chûjô… qui a un sérieux problème avec la notion d'espace personnel. Au fil de leurs disputes, Yoshiko réalise qu'elle est tombée amoureuse de lui. Mais lorsqu'enfin elle trouve le courage de lui avouer ses sentiments, la réaction de Chûjô ne laisse rien transparaître des siens !

PERSONNAGES

YOSHIKO MIYOSHI
Yoshiko est une jeune femme de vingt et un ans qui rêve de devenir top model malgré bien des déboires. Chûjô estime qu'elle a une grande valeur.

TARÔ CHÛJÔ
C'est un homme étrange, professeur à l'université et sculpteur de génie. Il a engagé Yoshiko comme modèle personnel.

ever-evolving creato
The Time of My Life #001
UN CRÉATEUR EN CONSTANTE ÉVOLUTION
TARÔ CHÛJÔ
"CE SUR QUOI JE TRAVAILLE EN CE MOMENT SERA MA PLUS GRANDE ŒUVRE."
CHAPITRE 4 – L'INCIDENT
CHEMISE 16 800 ¥ (PETIT)
COLLIER (PERSONNEL)
*ENVIRON 143 € NDT

CHAPITRE 4 – L'INCIDENT

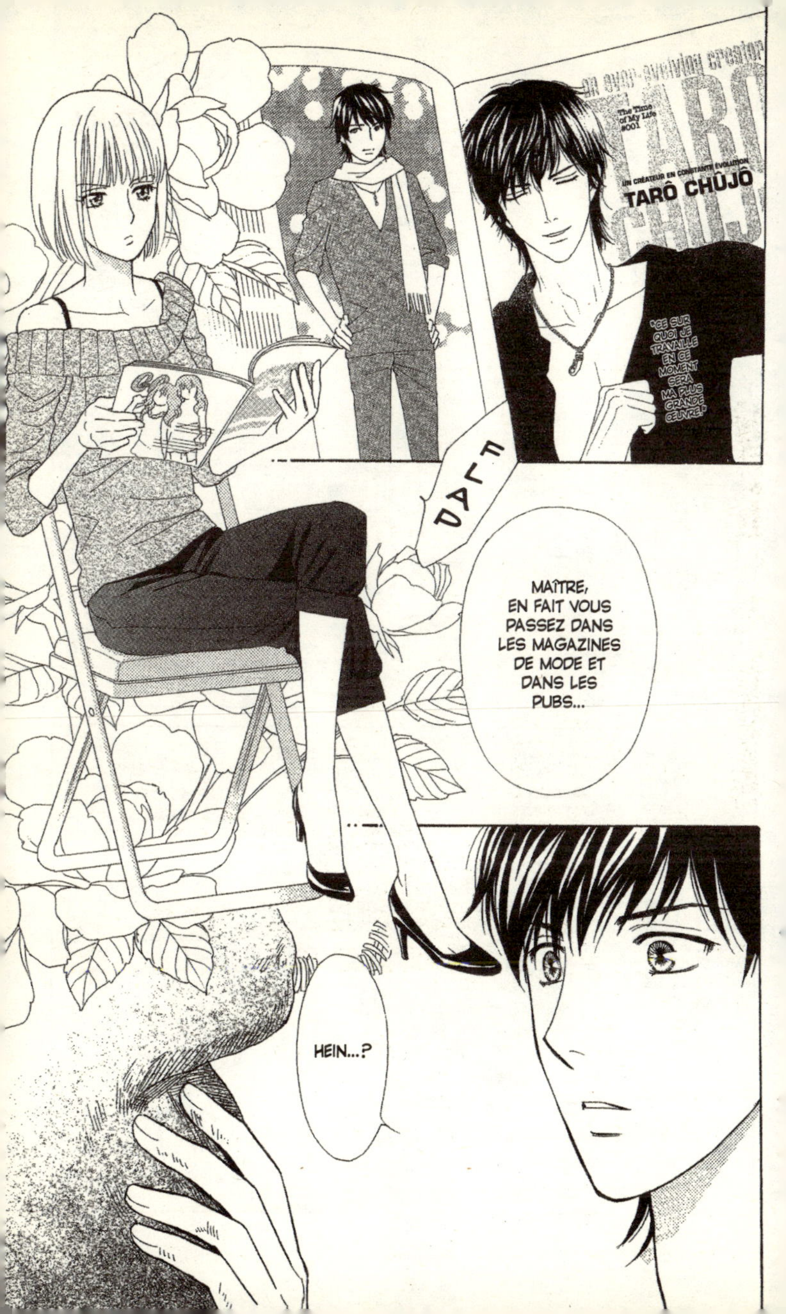
an ever-evolving creator
The Time of My Life #001
UN CRÉATEUR EN CONSTANTE ÉVOLUTION
TARÔ CHÛJÔ
"CE SUR QUOI JE TRAVAILLE EN CE MOMENT SERA MA PLUS GRANDE ŒUVRE."
FLAP
MAÎTRE, EN FAIT VOUS PASSEZ DANS LES MAGAZINES DE MODE ET DANS LES PUBS...
HEIN...?

AAAAAH ! VOUS L'AVEZ ACHETÉ !!
"UN CRÉATEUR UN PEU TIMIDE QUI RESPLENDIT AU FIRMAMENT."
"UN PEU TIMIDE"...
PFF !
ARRÊTEEEEZ ! NE LE LISEZ PAAAS !!
AAAH...
ÇA VIENT ENCORE DE CHEZ CHÛJÔ, ÇA...?
ET CETTE POSE RIDICULE !
DE NOS JOURS, MÊME LES PETITS BOUSEUX DE MA CAMPAGNE SONT CAPABLES DE PRENDRE UNE POSE PLUS DYNAMIQUE QUE ÇA QUAND ON LEUR POINTE UN APPAREIL PHOTO DESSUS !
HI ! HI ! HI !
PA... PA... PARDON ! J'AI HONTE DE DÉCEVOIR UN MANNEQUIN PROFESSIONNEL !
DITES, VOUS N'AVIEZ PAS UN CASTING, AUJOURD'HUI ?! VOUS NE DEVRIEZ PAS Y ALLER ?!

OUPS !
C'EST VRAI, ÇA !
SAUF QUE MÊME SI JE SUIS PRISE, ILS ME PAIERONT LE DIXIÈME DU TARIF QU'UN CERTAIN TYPE "UN PEU TIMIDE" A REÇU !
HI ! HI ! HI !
PARDON ! JE SUIS DÉSOLÉ ! PARDON !
SMOOSH
COMBIEN DE FOIS FAUDRA-T-IL QUE JE VOUS RÉPÈTE D'ARRÊTER VOTRE HARCÈLEMENT SEXUEL ?!
BONNE CHANCE POUR VOTRE CASTING !
GO, GO, GO, MADEMOISELLE MIYOSHI !
HOP
にゃん
HOP
にゃん

JE M'APPELLE YOSHIKO.
JE SUIS TOUJOURS UN MANNEQUIN SANS SUCCÈS.
MERCI, MAÎTRE !
SÉRIEUX
JE SUIS TOMBÉE AMOUREUSE D'UN SCULPTEUR DE GÉNIE.
JE PASSE MON TEMPS À LE REPOUSSER SANS JAMAIS RÉUSSIR À L'ATTRAPER.
À CHAQUE FOIS IL ME MONTRE DES SIGNES D'AFFECTION QUE J'AI DU MAL À INTERPRÉTER.

*EN ANGLAIS, UN HARCELEUR QUI SUIT UNE PERSONNE PARTOUT ET TOUT LE TEMPS, QUI L'ESPIONNE, ETC., NDT

NE COMMENCE PAS À FAIRE CIRCULER DES RUMEURS BIZARRES SUR MOI ! MON NOM C'EST SEKI-SHÛSAI !! RÉPÈTE APRÈS MOI !!
D'ACCORD, D'ACCORD, SEKISHÛSAI ! ET SINON, TU ME VEUX QUOI ?
FLOP
FLOP
CHÛJÔ...
T'AS DES CONTACTS DANS LA PRESSE, NON ?
POURQUOI TU NE T'EN SERS PAS...
... COMME L'AUTRE FOIS ?
...
DÉ... DÉSOLÉ...

TAP TAP TAP TAP TAP
MAIS MADEMOISELLE MIYOSHI ME FAIT UN PEU PITIÉ...
PITOYABLE
HORS DE MON CHEMIN !
BAM
MAÎTRE, C'EST TERRIBLE ! DEVANT LE PORTAIL D'ENTRÉE !!
LE SCANDALE DU SCULPTEUR SEXY !
BONJOUR À TOUS ! JE SUIS ACTUELLEMENT DEVANT L'ÉCOLE D'ARTS GRAPHIQUES Y. OÙ ENSEIGNE MONSIEUR TARÔ CHÛJÔ, LE CÉLÈBRE SCULPTEUR QUE TOUT LE MONDE A DÉJÀ PU VOIR DANS DES PUBLICITÉS À LA TÉLÉVISION.
J'AI PU INTERVIEWER PLUSIEURS ÉLÈVES...

UN ANCIEN MODÈLE DE MONSIEUR CHÛJÔ AFFIRME AVOIR ÉTÉ VICTIME DE HARCÈLEMENT SEXUEL DE SA PART.
HEIN ?
AH...
ÇA N'A PAS L'AIR DE VOUS SURPRENDRE.
ON S'EST TOUJOURS DIT QUE ÇA FINIRAIT PAR ARRIVER.
PAS VRAI ?
IL A FALLU QU'IL CONTINUE...
ÇA CRAINT PARCE QU'IL EST QUAND MÊME PROF...
QUOI ?! CET HOMME A FAIT ÇA À D'AUTRES FEMMES QUE MOI ?!
POURQUOI FAUT-IL QU'IL MANQUE À CE POINT DE MORALE ?!
GRRR !!
EUH... COUPEZ LA CAMÉRA !

AAAH...
PAS UN SEUL N'A PRIS SA DÉFENSE.
C'EST VRAIMENT HORRIBLE !
C'EST SÛREMENT CETTE FEMME...
EUH...
JE CROIS EN VOTRE INNOCENCE, MAÎTRE !
HEIN ...?
VOICI LA RETRANSMISSION DU TÉMOIGNAGE D'AKO, LE MODÈLE VICTIME DE HARCÈLEMENT SEXUEL PAR MONSIEUR CHÛJÔ.

OUI, J'AI TRAVAILLÉ COMME MODÈLE POUR TARÔ CHÛJÔ IL Y A DEUX ANS.
...!
CETTE FEMME, ELLE FAISAIT PARTIE DU MÊME CLUB DE MANNEQUINS QUE MOI !
AH BON ?
OUI ! JE RECONNAIS SES IMMONDES LÈVRES DE MORUE ! JAMAIS JE NE LES OUBLIERAI ! ELLE EST TOUJOURS EN RETARD AU TRAVAIL, ELLE SORT AVEC N'IMPORTE QUI SANS SE SOUCIER DES PROBLÈMES QUE ÇA CAUSE !
C'EST UNE MINABLE ! QU'EST-CE QU'ELLE FICHE À LA TÉLÉ ?!
...!
JUSQU'À RÉCEMMENT, ELLE TRAVAILLAIT POUR UN GRAND MAGAZINE DE MODE. QU'EST-CE QUI S'EST PASSÉ...?
LE MAÎTRE AVAIT PROMIS QUE SI JE FAISAIS CE QU'IL ME DEMANDAIT, IL ME PRÉSENTERAIT AUX DIRECTEURS ARTISTIQUES DE GRANDS MAGAZINES, MAIS...
... IL M'A VIOLÉE.

... MAIS ...
J'AI ESSAYE DE RÉSIS-TER...
... JE N'ÉTAIS PAS ASSEZ FORTE POUR LE REPOUS-SER...
... ET IL M'A VIOLÉE PLUSIEURS FOIS...!

SPRINT
ダッ
MA... MADEMOISELLE MIYOSHI, OÙ ALLEZ-VOUS ?
À L'AGENCE !
JE VAIS COLLER UN COUP DE PIED À CETTE MENTEUSE AUX LÈVRES DE MORUE !!
HEEEEIN ?! ET... ET VOTRE CASTING ?!
CHÛJÔ !!
QU... QU'EST-CE QUE ÇA VEUT DIRE ? SI C'EST VRAI, NOUS ALLONS AVOIR DE GROS ENNUIS...
MONSIEUR CHÛJÔ !!
ずーっ
SLURP
TARO

C'EST VRAIMENT UNE DRÔLE D'HISTOIRE...
TA
PROMOTION
(SARL) AGENCE COMPTABLE MORI
YOSHIKO ?!
TOMO !
CETTE IMBÉCILE, ELLE EST ICI ?!
HUFF
HUFF

OH MAIS...
... QUE FICHE DONC ICI UNE FILLE QUI A ÉTÉ RENVOYÉE DE L'AGENCE ?
...!
QU'EST-CE QUI TE PREND DE RACONTER TOUS CES MENSONGES À LA TÉLÉVISION ?
LE MAÎTRE FAIT PEUT-ÊTRE DU HARCÈLEMENT SEXUEL, MAIS IL N'EST PAS ASSEZ PERVERS NI MOTIVÉ POUR VIOLER QUI QUE CE SOIT !
YOSHIKO, TU N'ARRANGES RIEN, LÀ !
AH, OUI, LE NOUVEAU MODÈLE DE CHÛJÔ...
... C'EST TOI, À CE QU'IL PARAÎT.

JE N'AI PAS MENTI.
DÉSOLÉE, MAIS JE SUIS ATTENDUE À LA CONFÉRENCE DE PRESSE POUR LE TÉLÉFILM DONT JE SUIS LA PROTAGO-NISTE !
C'EST JUSTE UN COUP DE PUB !
GLOUPS
UN TÉLÉFILM, TU PARLES ! C'EST ENCORE UN FILM DE CUL, OUI ! TU TE SERS DU NOM DE MAÎTRE CHÛJÔ POUR FAIRE PARLER DE TOI, C'EST ÇA ?!
GRRR
GRRR
CE N'EST PAS UN FILM DE CUL ! C'EST UNE CHAÎNE POUR ADULTES NORMALE DU CÂBLE !
DONC, C'EST UN FILM DE CUL.
RÉTRACTE-TOI ! TU COMPTES TE VENDRE PAR LE MOYEN LE PLUS SALE QUI EXISTE ?!

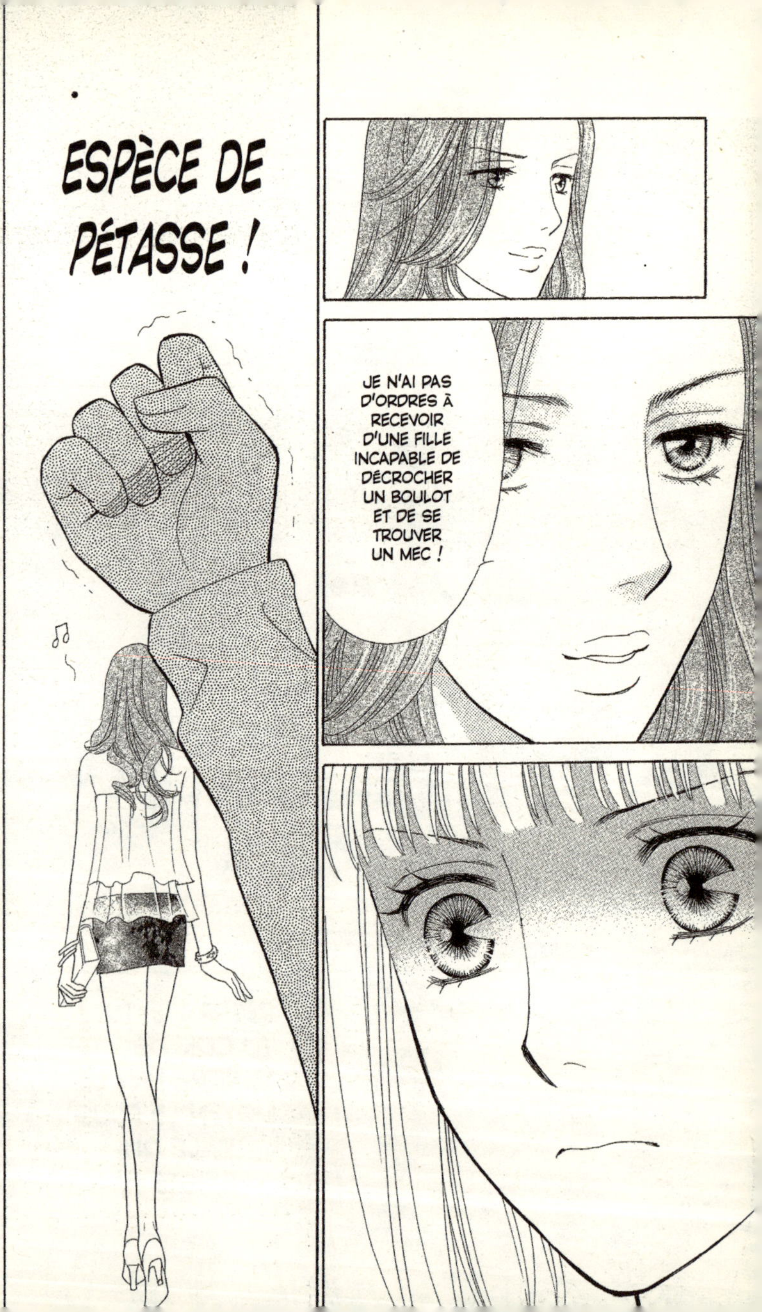
ESPÈCE DE PÉTASSE !
JE N'AI PAS D'ORDRES À RECEVOIR D'UNE FILLE INCAPABLE DE DÉCROCHER UN BOULOT ET DE SE TROUVER UN MEC !

CETTE SALE MORUE !
ELLE A VISÉ PILE DANS MES COMPLEXES !
JE ME TROUVE ACTUELLEMENT DEVANT LA RÉSIDENCE DE MONSIEUR TARÔ CHÛJÔ.
MAIS IL SEMBLERAIT QU'IL NE SOIT PAS CHEZ LUI.
...!
STRETCHING
D'APRÈS NOS RENSEIGNEMENTS, LE VERNISSAGE DE SON EXPOSITION A ÉTÉ ANNULÉ.
QUANT AUX PUBLICITÉS DANS LESQUELLES IL APPARAISSAIT, ELLES NE SERAIENT PLUS DIFFUSÉES.
CLIC
MAÎTRE, OÙ EST-CE QUE VOUS ÊTES DANS UN MOMENT PAREIL ?!
CLIC

BIP
ALLÔ, MADEMOISELLE MIYOSHI ?
M... MAÎTRE, OÙ ÊTES-VOUS ? C'EST L'HORREUR DEHORS !
C'EST L'HORREUR, VOTRE FRIGO EST VIDE !
MAIS PAR OÙ EST-CE QUE VOUS ÊTES ENTRÉ ?! VOUS AVEZ CONSCIENCE DE LA SITUATION ?!
M'ENFIN ! IL N'Y A NI RIZ NI SOUPE MISO !
"M'ENFIN" ?! SÉRIEUSEMENT ?! C'EST PAS LE MOMENT DE FAIRE LA CUISINE !

*RÉCIPIENT EN BOIS POUR GARDER LE RIZ AU CHAUD, NDT

ATTAQUEZ CETTE FEMME POUR DIFFAMATION, MAÎTRE ! C'EST MONSTRUEUX CE QU'ELLE FAIT !
EN DESSERT, UNE POMME !
MAÎTRE !
VOUS NE...
... DOUTEZ PAS DE MOI ?
C'EST NORMAL, NON ?
MÊME SI...
... JE VOUS PROMETTAIS DE VOUS PRÉSENTER À DES DIRECTEURS ARTISTIQUES DE GRANDS MAGAZINES...
... EN ÉCHANGE DE VOTRE CORPS ?

...
PEUH !
JE SAIS PARFAITEMENT QUE PLUTÔT QUE DE ME FAIRE DES COCHONNERIES...
... VOUS PRÉFÉRERIEZ LARGEMENT ME PALPER LES MUSCLES ET ME FAIRE TOURNER SUR PLACE POUR RÉALISER VOTRE SCULPTURE !
CROK

TOC
SALUT !
MAÎTRE, OÙ ALLEZ-VOUS...?
MAÎ...
C'EST UN SINGE ?!

JE VOUS ADORE !

*I LOVE MISS MIYOSHI

CHERS TÉLÉSPECTATEURS, NOUS SOMMES À L'AGENCE D'AKO, L'ANCIEN MODÈLE DE MAÎTRE CHÛJÔ.
AH, VOICI AKO !
UN COM-MENTAIRE, AKO ?
ENCORE TOI ?
QU'EST-CE QUE TU ME VEUX ?

TAP TAP
J'AI FAIT DES RECHER-CHES.
POUR LE HARCÈLEMENT SEXUEL ET LE VIOL, SANS PREUVES, C'EST TRÈS DIFFICILE DE CONDAMNER QUELQU'UN.
TU AS...
... DES PREUVES QUE MAÎTRE TARÔ T'A VIOLÉE ?

DES PREUVES ... ... SI ON VA AU TRIBUNAL, J'EN FOURNIRAI AUTANT QUE TU VEUX !
AH OUI, TU AS L'INTENTION DE PORTER PLAINTE ?!
EUH... JE NE PENSAIS PAS ALLER JUSQUE-LÀ...
C'EST BIEN CE QUE JE PENSAIS. TU N'AS AUCUNE PREUVE DE CE SOI-DISANT VIOL, ET TU N'AS AUCUNE INTENTION DE PORTER PLAINTE !
ARRÊTE TOUT ÇA, JE T'EN PRIE !
TU DOIS BIEN SAVOIR À QUEL POINT C'EST DUR POUR LE MAÎTRE, NON ?
RETIRE TOUT CE QUE TU AS DIT, MAINTENANT, ICI !
C'EST TRÈS GÊNANT, IL SEMBLERAIT QUE LE *MODÈLE* ACTUEL DE MAÎTRE CHÛJÔ...
... VEUILLE DIRE QUELQUE CHOSE.

QU...?
JE ME DISAIS BIEN QUE SON VISAGE M'ÉTAIT FAMILIER !
C'EST LE MODÈLE ACTUEL DE MAÎTRE CHÛJÔ, SA PHOTO EST PARUE DANS LA REVUE DES ARTS.
UN COMMENTAIRE !
ARRÊ...
AVEZ-VOUS AUSSI ÉTÉ VIOLÉE PAR MAÎTRE CHÛJÔ ?!
PAS DU TOUT !!
C'EST GÉNIAL ! ON A L'ANCIEN ET L'ACTUEL MODÈLE DANS LA MÊME PHOTO !
ENVOYEZ LES IMAGES À LA CHAÎNE !
LES MODÈLES QUI ONT FAIT NAÎTRE LE SCANDALE DU SCULPTEUR SEXY !
QU'EST-CE QUE JE PEUX FAIRE ?
ÇA VA CAUSER ENCORE PLUS D'ENNUIS À MAÎTRE CHÛJÔ...!

SI ÇA CONTINUE COMME ÇA, LE MAÎTRE VA...!
ARRÊTEZ !!
VOUS AVEZ OSÉ...
... BLESSER MON PRÉCIEUX MODÈLE.

MON-SIEUR CHÛJÔ !!
MAÎTRE ?!
M...
MAÎTRE...

QU'EST-CE QUE VOUS FAITES ICI ?!
VOTRE PHOTO AVEC CETTE IDIOTE FERA LA PREMIÈRE PAGE DE TOUS LES JOURNAUX DÈS DEMAIN !!
VOUS AVEZ OSÉ...
NON ! ÉLOIGNEZ-VOUS D'ELLE, MAÎTRE !!
... LA FAIRE PLEURER !

PERSON-NELLEMENT, JE ME CONTREFICHE DE CE QUE LE RESTE DU MONDE PEUT PENSER DE MOI.
MAIS JE NE VOUS PARDONNERAI PAS D'AVOIR FAIT PLEURER MADEMOISELLE MIYOSHI.
JE... JE...
JE NE PENSAIS PAS QUE ÇA FERAIT UN TEL SCANDALE !
J'ESPÉRAIS JUSTE QUE ÇA ATTIRERAIT UN PEU L'ATTENTION SUR MON RÔLE DANS CE TÉLÉFILM...
C'EST LA PRESSE QUI S'EST EMBALLÉE...
C'EST IMPARDON-NABLE.

MAÎTRE !!
MADE-MOISELLE MIYOSHIIII ! ♡
ぼぐっ
KPOW
MAIS POUR-QUOI ?!
SI VOUS VOUS MONTREZ, ÇA NE VA FAIRE QU'ENVENIMER LES CHOSES, IMBÉCILE !!
C'EST TROP INJUSTE ! J'AI FAIT ÇA PARCE QUE JE M'IN-QUIÉTAIS POUR VOUS !
JE SUIS DÉSOLÉE...

PAR-
DON-
NEZ...
... MOI...

SON PREMIER JOUR EN TANT QUE MODÈLE, JE L'AI RENVOYÉE.
EN ÉCHANGE, JE L'AI PISTONNÉE POUR UN TRAVAIL DANS UN GRAND MAGAZINE.
C'EST ÇA, LA VRAIE HISTOIRE...?
QU'EST-CE QUI S'EST PASSÉ ?
...
MAÎTRE, VOUS ÊTES INUTILEMENT SÉDUISANT ET PLUTÔT CÉLÈBRE, OK ?
J'IMAGINE QU'ELLE VOUS A SORTI LE GRAND JEU EN MIAULANT : "FAITES DE MOI VOTRE FIANCÉÉÉÉÉE", ET VOUS AVEZ PITOYABLEMENT CHOUINÉ : "GAH ! GAH ! GAH ! NE REVENEZ PLUS ! JE VOUS DEMANDE PARDOOOON"...
MADEMOISELLE MIYOSHI, VOUS ÊTES TÉLÉPATHE ?!
ET...
... ET SI J'AVAIS FAIT PAREIL QU'ELLE...?

VOUS VOULEZ ESSAYER ?

*SORTE DE RAGOÛT DE LÉGUMES ET POISSON, NDT

CHAPITRE 4 - L'INCIDENT - FIN

SOUVENIRS DE REPÉRAGES ①

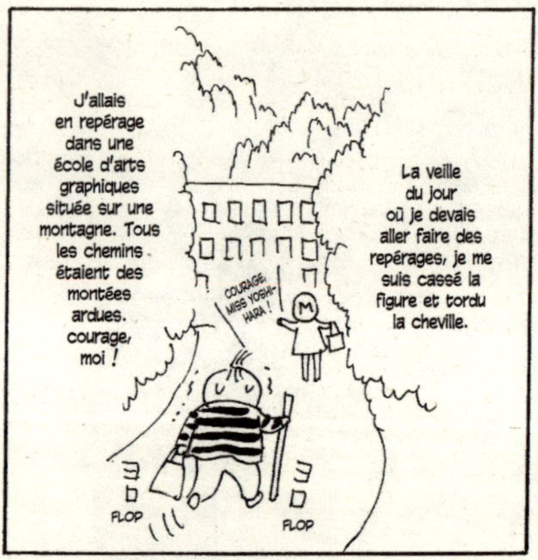

CHAPITRE 5 - SON FRÈRE

*ABEKAWA MOCHI, SPÉCIALITÉ DE SHIZUOKA

*CHÛJÔ
中条
DING DOOONG
DING DONG
DING DONG
DING DONG
DING DOOONG
MAÎTRE !
MAÎTRE CHÛJÔ ?!
JE M'APPELLE YOSHIKO.
LA SITUATION EST GRAVE !

SA VOITURE EST POURTANT LÀ...
MAIS ÇA VA FAIRE DEUX JOURS QU'IL N'EST PAS VENU À L'ÉCOLE, ET IL NE RÉPOND NI SUR SON PORTABLE NI SUR SON FIXE.
IL A BEAU ÊTRE À L'OUEST, C'EST TRÈS INHABITUEL DE SA PART.
IL EST PEUT-ÊTRE MALADE ?!
BAM
MAÎTRE ! MAÎTRE !!
BAM
TSAC...
MAÎ...
SNIF
げっそり

FWOP
フラ…
SE...
SEKI-SHÛ-SAI...
MLLE MIYO-SHI...
じわ。。
SNIF
AIDEZ-MOOOI !!
がばっ
GRAB
AH !

TARÔ !
BIM
N'ESSAIE PAS DE T'ENFUIR.
NOUS SOMMES EN PLEINE DISCUSSION (QUI RÉPOND AU DOUX NOM DE LEÇON DE MORALE).

C'EST QUI ?!
JE VOIS, VOUS ÊTES DONC PROFES-SEUR ET MODÈLE DANS L'UNIVER-SITÉ OÙ TARÔ ENSEIGNE.
JE VOUS REMERCIE DE TOUT CE QUE VOUS FAITES POUR LUI. JE SUIS SON FRÈRE AÎNÉ GEN'ICHI-RÔ.
JE DIRIGE UN COURS DE PRÉPARA-TION AUX CONCOURS À SHI-ZUOKA.
SON FRÈRE...
... AÎNÉ ?!

ILS NE SE RESSEMBLENT PAS DU TOUT...
VOILÀ COMMENT S'EST PASSÉE MON INCROYABLE PREMIÈRE RENCONTRE AVEC LA FAMILLE DE MAÎTRE CHÛJÔ.
LE SCANDALE PROVOQUÉ PAR MON FRÈRE INDIGNE VOUS A ENCORE CAUSÉ DES DÉSAGRÉMENTS...
... ET JE VOUS PRIE D'ACCEPTER MES EXCUSES LES PLUS SINCÈRES.
LE SCANDALE ?
AH, VOUS VOULEZ PARLER DE CE QUI S'EST PASSÉ À LA TÉLÉ ?
LE MAÎTRE N'ÉTAIT POUR RIEN DANS TOUTE CETTE HISTOIRE...
IL A SOUILLÉ L'HONNEUR DE LA FAMILLE CHÛJÔ.
L'HONNEUR ?
TARÔ VA DEVOIR ASSUMER LA RESPONSABILITÉ DE SES ERREURS.
IL VA RENTRER AU DOMICILE FAMILIAL ET ÉPOUSER LA FEMME QUE JE LUI AURAI CHOISIE.

ÉPOUSER ?!
GRAND FRÈRE CHÉRI...
... JE T'AI DIT QUE JE NE VOULAIS PAS...
C'EST PARCE QUE TU ES TOUJOURS CÉLIBATAIRE QUE TU PROVOQUES DES SCANDALES !
TU DOIS TE CASER. ET TU PEUX TRÈS BIEN CONTINUER À TRAVAILLER COMME SCULPTEUR À LA MAISON !
M... MAÎTRE !!
...
TU DONNERAS TA DÉMISSION À L'UNIVERSITÉ DANS LES JOURS QUI SUIVENT. C'EST COMPRIS, TARÔ ?
ATTENDEZ UN PEU ! C'EST TROP ARBITRAIRE !
VOUS VOYEZ BIEN QUE MAÎTRE CHÛJÔ NE VEUT PAS !

JE SUIS SON FRÈRE AÎNÉ. PERSONNE NE CONNAÎT AUSSI BIEN TARÔ QUE MOI.
VEUILLEZ VOUS RETIRER À PRÉSENT. LES ÉTRANGERS À LA FAMILLE NE SONT PAS CONCERNÉS PAR CETTE DISCUSSION.
STRESS STRESS
ハラハラ
POUR QUI IL SE PREND, CE GRAND FRÈRE ?!
JE NE SUIS PAS UNE ÉTRANGÈRE.
GWIP

JE SUIS LA PETITE AMIE DE MAÎTRE CHÛJÔ !
HEEEIN ?
JE NE LE LAISSERAI PAS PARTIR ET JE NE LE LAISSERAI PAS SE MARIER !!

TARÔ ...
... EST-CE QUE C'EST VRAI ?
OUI...
OUI...
BAH ?
J'AI UNE IMPORTANTE RÉUNION D'AFFAIRES, ALORS JE VAIS RETOURNER À L'HÔTEL POUR L'INSTANT.
NOUS REPARLERONS DE TOUT ÇA DEMAIN.
HUM.
POURQUOI A-T-IL FALLU QUE TU T'EMPÊTRES AVEC UNE FEMME DOUTEUSE...?

GROOAAR
CLAC
C'EST QUI QU'IL TRAITE DE FEMME DOUTEUSE, LUI ?! BOUDIOU !!
MA... MADEMOISELLE MIYOSHI, GARDEZ VOTRE CALME.
ET VOUS AUSSI, MAÎTRE ! SI VOUS NE VOULEZ PAS FAIRE CE QU'IL DIT, VOUS LE DITES CLAIREMENT !
PETITE PRISE DE DISTANCE.
NON MAIS...
... VOUS N'AURIEZ PAS DÛ DIRE QUE VOUS ÉTIEZ MA PETITE AMIE.
C'EST MAL DE MENTIR. POURQUOI AVEZ-VOUS DIT ÇA ?

... QUE JE ME HAIS DU FOND DU CŒUR D'ÊTRE TOMBÉE AMOUREUSE DE CET HOMME INCAPABLE DE LIRE ENTRE LES LIGNES.
VOUS M'AGACEZ ! SI VOUS VOULEZ QUE JE VOUS AIDE, FAITES COMME SI C'ÉTAIT VRAI !!
C'EST DANS CES MO-MENTS...
O... OUI !
BON, MADEMOI-SELLE MIYOSHI, NOUS ALLONS FAIRE VINGT MINUTES DE POSE.

ET EN PLUS, IL EST LÀ.
DÉSOLÉE, MAIS J'AIMERAIS QUE LES ÉTRANGERS À L'ENTRE-PRISE S'EN AILLENT.
TOUTES MES EXCUSES, MAIS IL EST IMPÉRATIF QUE JE SÉPARE MON PETIT FRÈRE D'UNE FEMME TRÈS DÉSA-GRÉABLE.
むむ
MM
むむ
MM
むむ
GRR
STRESS
STRESS

MAÎTRE ! JE COMMENCE LA POSE HABITUELLE !
M... MERCI !
OUF !
ずしり
SBODOM
LA POSE HABI-TUELLE...?
JE VOUS AI DIT DE FAIRE COMME SI C'ÉTAIT VRAI, GROS AHURI !
NON, C'EST IMPOSSIBLE, IMPOSSIBLE, IMPOSSIBLE !
ALLEZ-Y, SCULPTEZ !
IMPOSSIBLE, IMPOSSIBLE, IMPOSSIBLE !!
ふ

CETTE COMÉDIE EST RIDICULE.
ぎょっ
GLOUPS
SWUP
JE N'AI DONC PAS D'AUTRE CHOIX QUE DE TE RAMENER DE FORCE À LA MAISON.
N'ESSAIE PAS DE FUIR, TARÔ !
WAP
...!
GOSH
ごっ
AH !

CE SONT DES PHOTOS EN VUE D'UN MARIAGE ARRANGÉ.
J'EN AI ENCORE D'AUTRES.
D'OÙ IL LES A SORTIES ?
C'EST LA FILLE DES YAMASHITA, CEUX QUI HABITENT DANS LE DEUXIÈME BLOC. ELLE EST BELLE, N'EST-CE PAS ?
OH, C'EST VRAI ! ♡
SPONG
TAC TAC
TAC TAC

M'EN-FIN !
VOUS AVEZ VRAIMENT L'INTENTION DE VOUS OPPOSER À VOTRE FRÈRE OU PAS ?!
JE SAIS, JE SAIS...
TARÔ, DES ASSIETTES !
L'ODEN DE SHIZUOKA QUE PRÉPARE MON FRÈRE EST UN VRAI DÉLICE, IL FAUT ABSOLUMENT QUE VOUS Y GOÛTIEZ.
PFUIT
MADEMOISELLE MIYOSHI !
O... OUI ?!
REGARDEZ !
J'AI FABRIQUÉ CETTE FIGURINE DE VOUS CHEZ MOI EN CACHETTE, POUR LA PROCHAINE EXPOSITION !
COMME C'EST TOUCHANT...
POURQUOI EST-CE QUE TU ES TOMBÉE AMOUREUSE DE CET AHURI INCAPABLE DE LIRE ENTRE LES LIGNES, IMBÉCILE DE MOI ?!

DERRIÈRE VOUS ...
... C'EST QUOI ?
AH...
QU'EST-CE QUE C'EST BEAU !
VOUS ALLEZ EN FAIRE UN BRONZE ? CE SERAIT SÛREMENT AUSSI TRÈS BEAU EN MÉTAL.

OH MAIS...? MAÎTRE...
... LA MAIN DROITE ET LA MAIN GAUCHE N'ONT PAS LA MÊME TAILLE ?
C'EST VOTRE MAIN ET LA MIENNE...

COMME ÇA ?
IL EST À L'OUEST ...
... MAIS C'EST CE GENRE DE CHOSES QUE J'AIME CHEZ LUI.
SWUP

LES MAINS...
... INVERSES.
BISOU ♡

COMME ÇA.
JE L'AIME VRAIMENT.
グッ
GWIP

VOTRE PRÉSENCE M'INSUPPORTE.
RENTREZ CHEZ VOUS !
JE M'Y ATTENDAIS !
ET SI VOUS, VOUS RENTRIEZ CHEZ VOUS ?! À SHIZUOKA !!
TARÔ, FICHE CETTE FEMME DEHORS !
VOUS ME FAITES MAL, LÂCHEZ-MOI !
GASH
DOUCEMENT, VOUS DEUX !
ESPÈCE DE...
TOC
CRAA-AASH

AAAAAAAH !!
QU... QU'EST-CE QUE VOUS AVEZ FAIT...?
VOUS L'AVEZ FAIT EXPRÈS, AVOUEZ !
MAIS NON, MADEMOISELLE MIYOSHI ! J'EN FERAI UNE AUTRE, CE N'EST PAS GRAVE !
À VOTRE ÂGE, VOUS N'AVEZ PAS HONTE ?
DE QUEL DROIT VOUS ESSAYEZ DE CONTRÔLER VOTRE FRÈRE JUSTE PARCE QUE VOUS ÊTES VEXÉ ?!

EST-CE QUE VOUS NE SERIEZ PAS UN PEU JALOUX DE LUI, PAR HASARD ?!
PARCE QUE, CONTRAIREMENT À VOUS, LES GENS PENSENT QUE C'EST UN GÉNIE !
VOUS ÊTES...
SWUP
PAF
ぺちっ

...
ÇA VA, ÇA VA !
MANGEONS L'ODEN DE MON FRÈRE.
IL EST VRAIMENT DÉLICIEUX.

C'EST BON.
AUTREFOIS, MA FAMILLE N'ÉTAIT PAS TRÈS RICHE.
QUAND J'ÉTAIS JEUNE, JE VOULAIS FAIRE DE LA SCULPTURE, MAIS IL FAUT BEAUCOUP D'ARGENT POUR FAIRE UNE ÉCOLE D'ARTS ET PAYER LE MATÉRIEL.
BIEN ENTENDU, MES PARENTS S'Y SONT OPPOSÉS.

C'EST MON FRÈRE QUI A CONVAINCU MES PARENTS DE ME LAISSER SUIVRE MA VOIE.
IL A CUMULÉ LES PETITS BOULOTS POUR POUVOIR ME PAYER MES ÉTUDES.
C'EST PAS VRAAAI ?!
CE N'EST PAS LE GENRE DE CHOSES DONT ON DOIT PARLER AUX GENS !

AVEC LES FRATRIES...
DITES, MADEMOISELLE MIYOSHI, VOUS VOULEZ VOIR DES PHOTOS D'AUTREFOIS ?
HI ! HI ! HI !
NOOOON ! GRAND FRÈRE EN COUCHE !!
ALLEZ-VOUS-EN !
... ON A TOUJOURS DU MAL À SAVOIR SI ELLES S'AIMENT OU SE DÉTESTENT, MAIS...
... IL Y AVAIT ENTRE EUX TOUT UN TEXTE ÉCRIT AU FIL DES ANS...
... ET CELLE QUI ÉTAIT INCAPABLE DE LIRE ENTRE LES LIGNES, C'ÉTAIT MOI.

ÇA M'ÉNERVE ...
ス—...
RZZ
HÉ, TON MODÈLE S'EST ÉCROULÉ.
ON A TOUS UN PEU TROP BU.
JE VAIS APPELER UN TAXI ET LA RAC-COMPA-GNER CHEZ ELLE.
JE SUIS DÉSOLÉ ...
DE QUOI ?

CE QU'ELLE A DIT...
... ÉTAIT PROBABLEMENT VRAI.
JE SUIS DÉSOLÉ POUR TA SCULPTURE.
C'EST LA PREMIÈRE FOIS QUE JE TE VOIS FAIRE UNE ŒUVRE DE TOI.
JE L'AI TROUVÉE TRÈS BELLE.
J'ESPÈRE QUE TU LA REFERAS, PARCE QUE J'AIMERAIS LA VOIR ENCORE UNE FOIS.

D'ACCORD.
BISOU
HEEEEIN ?!
VOTRE GRAND FRÈRE EST REPARTI ?!

CHAPITRE 5 – SON FRÈRE – FIN

② AU DÉBUT DES REPÉRAGES ! ♡

Aaah, c'est donc comme ça qu'a été présentée ma demande de repérages. D'accord.

Mais ça va pas, miss ?!
(Mon responsable éditorial à ce moment-là)
D'où sort cette histoire de modèle de nu ?!

J'avais un peu peur que les professeurs se méfient après cette annonce plus sensationnelle que nécessaire, mais...

À suivre...

CHAPITRE 6

HOME SWEET HOME

*CARNET BANCAIRE : IL EST ÉQUIPÉ D'UNE PUCE ET PEUT SERVIR AUX RETRAITS D'ARGENT.
**SCEAU PERSONNEL : AU JAPON, ON APPOSE SON SCEAU (PETIT TAMPON ENCREUR) EN GUISE DE SIGNATURE, NDT

BIEN SÛR, J'AI DÉPOSÉ PLAINTE !
MAIS IMPOSSIBLE DE SAVOIR QUAND LE COUPABLE SERA ARRÊTÉ ET JE N'AI PAS D'ARGENT DU TOUT.
ET PUIS APRÈS CE QUI S'EST PASSÉ, J'AI TELLEMENT PEUR QUE JE N'OSE PLUS RETOURNER CHEZ MOI.
HEIN ? ALORS, AUJOURD'HUI...
JE VAIS PASSER LA NUIT CHEZ MON AMIE TOMO, ELLE EST MANNEQUIN AUSSI.
MAIS JE NE POURRAI PAS RESTER CHEZ ELLE INDÉFINIMENT.
ET SI VOUS VENIEZ CHEZ MOI ?
MÊME SI JE VOULAIS CHANGER D'APPARTEMENT, JE N'AI PAS D'ARGENT !
DIIITES !
AAAAH, QU'EST-CE QUE JE VAIS DEVENIR ? JE N'AI PAS ENVIE DE RETOURNER À LA CAMPAGNE !
DIIITES !
AAAAH... QU'EST-CE QUE JE PEUX FAIRE ? COMMENT JE VAIS M'EN SORTIR ?
HEIN ?

VOUS N'AVEZ QU'À VENIR CHEZ MOI.
VOUS SAVEZ OÙ C'EST. LA MAISON EST UN PEU VIEILLE MAIS IL Y A DES PIÈCES QUI NE SERVENT À RIEN.
VOUS VOULEZ VENIR ?
HEEEIN ?
JE M'APPELLE YOSHIKO.
EST-CE QUE ÇA VEUT DIRE QU'ON VA VIVRE EN CONCUBINAGE ?
C'EST DU CONCUBINAGE ?! C'EST QUOI CE DÉVELOPPEMENT DANS L'HISTOIRE ?!

VOUS POUVEZ PRENDRE LA CHAMBRE DU FOND.
ELLE N'EST PAS TRÈS GRANDE, MAIS VOUS Y SEREZ CONFORTABLE.
BDUM
BDUM
MADEMOISELLE MIYOSHI ?
TOILE PLIÉE POUR SERVIR DE PAQUETAGE (FUROSHIKI)
C'EST... C'EST TRÈS GRAND ! ON SE CROIRAIT À VERSAILLES ! HO ! HO ! HO !

DU... DU CALME, YOSHIKO !
JE... JE VOUS SUIS VRAIMENT TRÈS RECONNAISSANTE.
MERCI DE M'ACCUEILLIR PENDANT QUELQUE TEMPS.
JE VOUS EN PRIE, VOUS POUVEZ RESTER QUELQUES JOURS OU AUSSI LONGTEMPS QUE VOUS VOUDREZ.
RESTEZ JUSQU'À CE QUE VOUS VOUS SENTIEZ MIEUX.
MINCE...
JE SENS LES LARMES MONTER.
はら
SNIF
はら
SNIF
はら
SNIF

MADEMOI-SELLE MIYOSHI, MÊME SI NOUS VIVONS LOIN L'UN DE L'AUTRE, NE M'OUBLIEZ PAS...
SNIF SNIF
はらはら
J'HABITE À DIX MINUTES DE CHEZ VOUS, D'ACCORD ? VOUS POURREZ VENIR DÎNER CHEZ MOI QUAND VOUS LE VOUDREZ, D'ACCORD ?
PFF !

MAÎTRE CHÛJÔ ...
IL M'A ACHETÉ UN VERRE À DENTS...
BLUSH
カーっ
KYAAAH ! J'AI LE CŒUR QUI BRÛLE !!
WUP
ぶん
OVERDOSE DE PALPITATIONS CARDIAQUES !!
QU'EST-CE QUE JE VAIS FAIRE ?! JE NE SUIS PAS HABITUÉE À TANT DE BONHEUR !
J'AI L'IMPRESSION D'ÉTOUFFER TELLEMENT JE SUIS ÉMUE !!
WUP
ぶん
PITOYABLE...
TSAC

MAÎ...

FLAP
...!
ドキン
ドキン
BDUM
BDUM

VOUS ÊTES SI BELLE...
DITES...
VOUS ÊTES D'ACCORD, PUISQU'ON VA VIVRE ENSEMBLE...
OUI, MAÎTRE !
ALORS VOUS VOULEZ BIEN POSER POUR QUE JE SCULPTE UNE STATUE DE NU !

YOUPI ! YOUPI !
PUISQU'ON VIT ENSEMBLE, ON N'A PLUS BESOIN DE SE SOUCIER DES HORAIRES.
NE PERDONS PAS DE TEMPS ! À L'ATELIER !
はーっ
AAH
OUPS !
CRAC
AAAAH !
ET VOILÀ. C'EST CE GENRE D'HOMME. J'AI ÉTÉ STUPIDE D'ESPÉRER AUTRE CHOSE.
BLA
BLA
BLA

BIM
SUBLIME !!
OOOOOH !
CE MODÈLE EST FANTASTIQUE !
C'EST ENCORE MIEUX QUE SI ELLE SOURIAIT ET MINAUDAIT !
C'EST COOL ! CE PERSONNAGE SADIQUE, C'EST SI FRAIS !
ELLE A RÉUSSI À JOUER UN PERSONNAGE SANS LE VOULOIR.
AH BON ...?
TU LUI AS MONTRÉ TES PETITES FESSES DODUES ET AU LIEU DE T'ENTRAÎNER DIRECT AU LIT, IL T'A POUSSÉE VERS SON ATELIER...?

TU TE RENDS COMPTE ?! MON CORPS DE BEAUTIFUL MANNEQUIN PROFESSIONNEL ! JE COMMENCE À ME DEMANDER SI LE CIRCUIT ÉLECTRIQUE N'EST PAS COUPÉ ENTRE SES YEUX ET SON BAS-VENTRE, À CELUI-LÀ !!
EN TANT QUE PRO, JE TROUVE CE DÉFAITISME UN PEU LIMITE.
JE N'AI PEUT-ÊTRE PAS L'ŒIL POUR JUGER LES HOMMES...?
TU VEUX PARLER DE TON EX ?
TON PRINCE SCULPTEUR N'A RIEN À VOIR AVEC TON BON À RIEN D'EX, TU SAIS ?
...
PFF...
ふぅ…

LE MAÎTRE A BEAUCOUP DE RESPECT POUR MOI...
... EN TANT QUE MODÈLE.
MAIS QUAND MÊME, IL M'A INVITÉE À VIVRE CHEZ LUI !
C'EST BIZARRE QU'IL NE SE PASSE RIEN !
J'EN VIENS À ME DIRE QUE COMPARÉ À LUI, MON BON À RIEN D'EX ÉTAIT TOU-JOURS SUR LA BRÈCHE !
POF
ET SI ON SE REMETTAIT ENSEMBLE, YOSHI-KO ?

GWIP
MEURS, RACLURE ! RENDS-MOI MON POGNON QUE T'AS UTI-LISÉ POUR LA PÉTASSE AVEC QUI TU ME TROMPAIS ET TES JEANS VINTAGE !
...
TOSHIO, EX-PETIT AMI QUI TRAVAILLAIT DANS LA MÊME AGENCE DE MANNEQUINS.
PAR... PARDON !
J'AI ENTENDU DIRE QUE TU AVAIS ÉTÉ CAMBRIOLÉE, ALORS JE SAIS QUE C'EST TROP TARD MAIS JE VOULAIS T'AIDER.
MAIS TU POURRAIS M'ÉCOUTER ! JE SUIS DEVENU UN HOMME BIEN !
UN HOMME BIEN QUI MET DE L'EAU DE COLOGNE MUSQUÉE, DE NOS JOURS, ÇA N'EXISTE PLUS !

JE SUIS SÉRIEUX !
SI TU VIENS VOIR, TU LE COMPRENDRAS !
HEIN ...?
BIENVENUE À LA MAISON !
VOUS VOULEZ DÎNER ? VOUS VOULEZ PRENDRE UN BAIN ? VOUS ME VOULEZ ?

ぎゅっ
SMOOSH
COMMENT S'EST PASSÉ VOTRE CASTING ?
J'AI... J'AI ÉTÉ PRISE.
OOOH ! IL FAUT FÊTER ÇA, ALORS ! JE VOUS AI PRÉPARÉ UN REPAS SANS VIANDE !
AAH...
JE SAIS QUE SOUHAITER UN BONHEUR PLUS GRAND QUE ÇA, C'EST EN DEMANDER TROP À LA VIE.
MAIS POUR ÊTRE FRANCHE...
BISOU BISOU
ÇA ME TUE !!

JUSTE-MENT...
ENCORE UN PEU LES LARMES AUX YEUX.
... ON M'A AUSSI PROPOSÉ UN AUTRE TRAVAIL.
ALORS IL Y AURA PROBABLEMENT DES JOURS OÙ JE NE POURRAI PAS POSER POUR VOUS.
ÇA NE FAIT RIEN, BON COURAGE...
...
MERCI BEAUCOUP !
JE VAIS PRENDRE UN BAIN !
D'ACCORD.
TAP TAP
D'ACCORD...

...
OOOH, TRÈS PHOTOGÉNIQUE ! LES MANNEQUINS PROFESSIONNELS SONT VRAIMENT DIFFÉRENTS !
CLIC CLIC
MON POTE ET MOI, ON A OUVERT UNE BOUTIQUE DE VÊTEMENTS ORIGINAUX EN LIGNE, C'EST COOL, NON ?
CE N'EST ENCORE QU'UN BÉBÉ, CETTE BOUTIQUE !
COLER
SIZE

MERCI POUR AUJOURD'HUI TIENS, VOILÀ TA PAIE !
QUOI ?! MAIS JE N'EN VEUX PAS !
LAISSE-MOI FAIRE ÇA POUR TOI !
ALLEZ !
ÇA ME FAIT DE LA PEINE...
... QUE TU ME DÉTESTES.
SI ÇA TE DIT, CE SERAIT BIEN QUE TU NOUS AIDES ENCORE. ET PUIS, J'AIMERAIS TE REVOIR.
IL EST REMONTÉ DANS MON ESTIME.
QUAND IL VEUT, IL EST CAPABLE DE FAIRE DES CHOSES BIEN.
CLAC
CLAC
CLAC

CLAC
CLAC
CLAC

CLAC
CLAC
JE FAIS TROP DE BRUIT ?

VOUS VOULEZ QUE JE POSE POUR VOUS ?
NE VOUS INQUIÉTEZ PAS POUR LES HORAIRES !
PAS LA PEINE, VOUS SERIEZ DANS MES JAMBES.
"VOUS SERIEZ DANS MES JAMBES"...?
...

TAP
TAP
TAP
JE VAIS VOUS AIDER. JE PEUX RAMASSER LES MORCEAUX DE PIERRE ?

CE PARFUM MUS-QUÉ...
... QUI VOUS EN A IMPRÉ-GNÉE ?

...
CE... CE N'EST PAS CE QUE VOUS CROYEZ ! IL N'Y A RIEN ENTRE TOSHIO ET MOI !
VOTRE EX ?
JE L'AI JUSTE AIDÉ POUR LE TRAVAIL.
JE RÊVE, MAÎTRE, OU VOUS ÊTES JALOUX ?
JE VOUS L'AI DÉJÀ DIT LA DERNIÈRE FOIS...
POUR LE SEXE, VEILLEZ À PRENDRE DES POSITIONS QUI N'ENDOMMAGENT PAS VOTRE CORPS, D'ACCORD ?

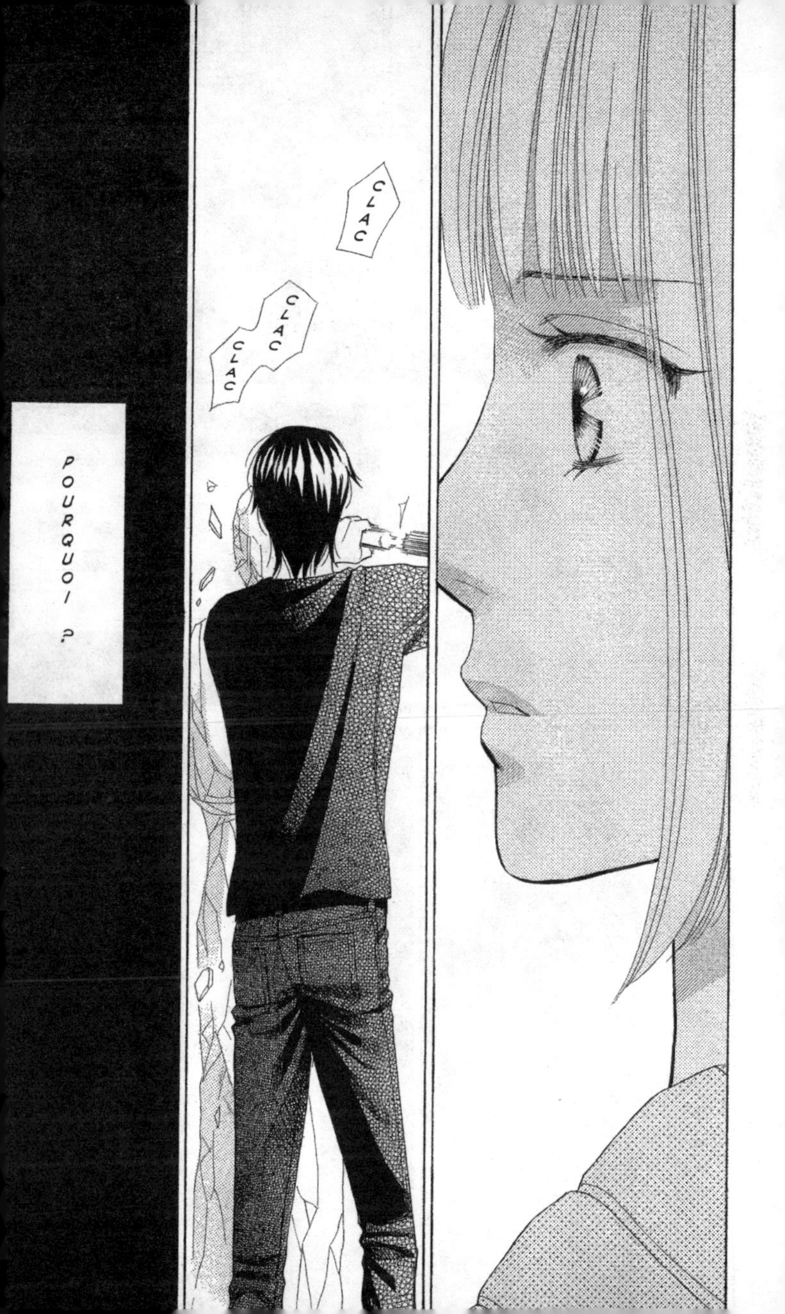
CLAC
CLAC
CLAC
POURQUOI ?

POURQUOI IL A DIT ÇA ?
CLAC
POURQUOI IL NE COMPREND JAMAIS RIEN ?
CLAC
CLAC
J'AI HORREUR DE ÇA ! POURQUOI, BON SANG ?
VIVRE AVEC LA PERSONNE QU'ON AIME...
... CE N'EST PAS CENSÉ ÊTRE LE BONHEUR COMPLET ?
CLAC
CLAC
JE SAVAIS QUE J'ÉTAIS LA SEULE À ÊTRE SUR SON PETIT NUAGE.
MAÎTRE CHÛJÔ NE RESSENT RIEN DE TOUT ÇA POUR MOI...

JE VOUS AIME.

HEIN...?
VOUS VOYEZ ?

MADE-
MOISELLE
MIYO-
SHI !
JE
DOIS
QUIT-
TER...
... CETTE
MAI-
SON !
CHAPITRE 6 - HOME SWEET HOME - FIN

③ ON M'A BIEN RAPPELÉE À L'ORDRE.

Il a tout à fait raison...
même si les enseignants et professeurs
qui m'ont accueillie lors de mes
repérages m'ont tous dit d'écrire
ce qui me ferait plaisir... ^^

Pardon,
vraiment pardon !!

CHAPITRE 7
JE SUIS VÉNUS

CUI
CUI
CUI
CUI
TAP
TAP
TAP

BONJOUR !
MADE-MOISELLE MIYOSHI, QUE DIRIEZ-VOUS DE PETIT-DÉJEUNER AVEC MOI ?!
CHÛJÔ ...?
QUOI, TU AS PASSÉ UNE NUIT BLANCHE ?
OÙ EST MADE-MOISELLE MIYOSHI ?
ELLE DORT ENCORE ?
...
ELLE EST PARTIE.
HEIN ?

ELLE EST PARTIE.
CLING
あ
あ゛
CLING
あ゛
ぱ

WHOOOSH
PLUS QUE DEUX PRISES DE VUE !
COURAGE, MADEMOISELLE !
COMPTEZ SUR MOI !
QUELLE PRO !
QUELLE PRO !
VOUS ÊTES VRAIMENT COURAGEUSE !
ÇA VOUS DIRAIT D'ALLER MANGER APRÈS ÇA ? JE VOUS PRÉSENTERAI LE RÉDAC CHEF DU MAGAZINE.
QUOI, VRAIMENT ?!
OH, MAIS JE SUIS DÉSOLÉE, MON COLOCATAIRE M'A PRÉPARÉ UN BON DÎNER ET M'ATTEND À LA MAISON.

だ
PLOOO
OOOC
BOU-HOU-HOU
えぐえぐえぐ
HEIN ?
JE M'APPELLE YOSHIKO.
QU'EST-CE QUI ME PREND DE DIRE ÇA ALORS QUE JE VIENS DE QUITTER LA MAISON DE MAÎTRE CHÛJÔ. JE SUIS VRAIMENT BÊTE... HA ! HA ! HA ! HA !
CE QUE TU PEUX ÊTRE BÊTE !

PLUTÔT QUE DE TE METTRE DANS UN ÉTAT PAREIL, RETOURNE CHEZ LE PRINCE SCULPTEUR !
...
SNIF SNIF
ぐすぐす
JE NE PEUX PAS.
J'AI TROP HONTE POUR Y RETOURNER.
SNIF
ぐすっ
MÊME SI JE RENTRAIS MAINTENANT, IL M'ACCUEILLERAIT AVEC UN "BIENVENUE À LA MAISON" COMME SI DE RIEN N'ÉTAIT ! JE SUIS COMME UN COURANT D'AIR !
ATCHOOOUM
ARRÊTE, PITIÉ ! J'AI UNE SÉANCE PHOTO JUSTE APRÈS.
MINCE !
C'EST L'HEURE DE MON JOB AVEC TOSHIO.
ずび
SNIF
TOSHIO ?
NE ME DIS PAS QUE TU T'ES REMISE AVEC CE TYPE ?!

C'EST QUOI CETTE HISTOIRE ? C'EST PAS UN PEU LOUCHE ?
MAIS NON, PAS DU TOUT !
JE L'AIDE AVEC LA PROMO DE SA BOUTIQUE DE VENTE EN LIGNE.
NE T'INQUIÈTE PAS !
TRAVAILLER M'ÉVITERA DE COGITER !
SALUT !
BIP
ALLÔ ?
NOUS NOUS SOMMES RENCONTRÉS PENDANT LE DÉMÉNAGEMENT, JE SUIS TOMO, L'AMIE DE YOSHIKO. J'AIMERAIS VOUS PRÉVENIR D'UN PROBLÈME.
BIENVENUE À LA MAISON, MADEMOISELLE MIYOSHI !

*CUISINE CORÉENNE, SORTE DE RAGOÛT DE TOFU, NDT

AH
CONCENTRE-TOI, S'IL TE PLAÎT !
OH ! PARDON...
J'AI LA TÊTE QUI TOURNE.
J'AI DÛ PRENDRE FROID.
DÉSOLÉE, MAIS JE NE VEUX PAS RISQUER DE VOUS CONTAMINER, ALORS ÇA VOUS ENNUIE SI JE RENTRE CHEZ MOI POUR AUJOURD'HUI ?
TOSHIO...
GLOUPS
ÉCOUTE...
JE CROIS QU'ON FERAIT MIEUX DE LAISSER TOMBER...
QU'EST-CE QUE TU RACONTES ? C'EST POUR ÇA QU'ON L'A RAMENÉE ICI !

...?
JE VAIS RENTRER...
HAAAAAAAAA
!

*AU JAPON, LES FILMS PORNOGRAPHIQUES SONT CENSURÉS POUR NE PAS MONTRER LES ORGANES GÉNITAUX, NDT

...!
DEPUIS LE DÉBUT, C'ÉTAIT ÇA LEUR OBJECTIF ...?!
ÇA NE VA PAS DURER LONGTEMPS, FAIS-TOI UNE RAISON ET SERRE LES DENTS !
ON TE PAIERA, T'INQUIÈTE PAS.
MAIS À QUEL POINT JE SUIS NULLE POUR JUGER LES HOMMES, MOI ?!
AH ! BON SANG !
MADEMOISELLE MIYOSHI !

*JEU DE MOTS AVEC LE "CHAT NOIR", UNE CÉLÈBRE COMPAGNIE DE TRANSPORTEUR AU JAPON, NDT

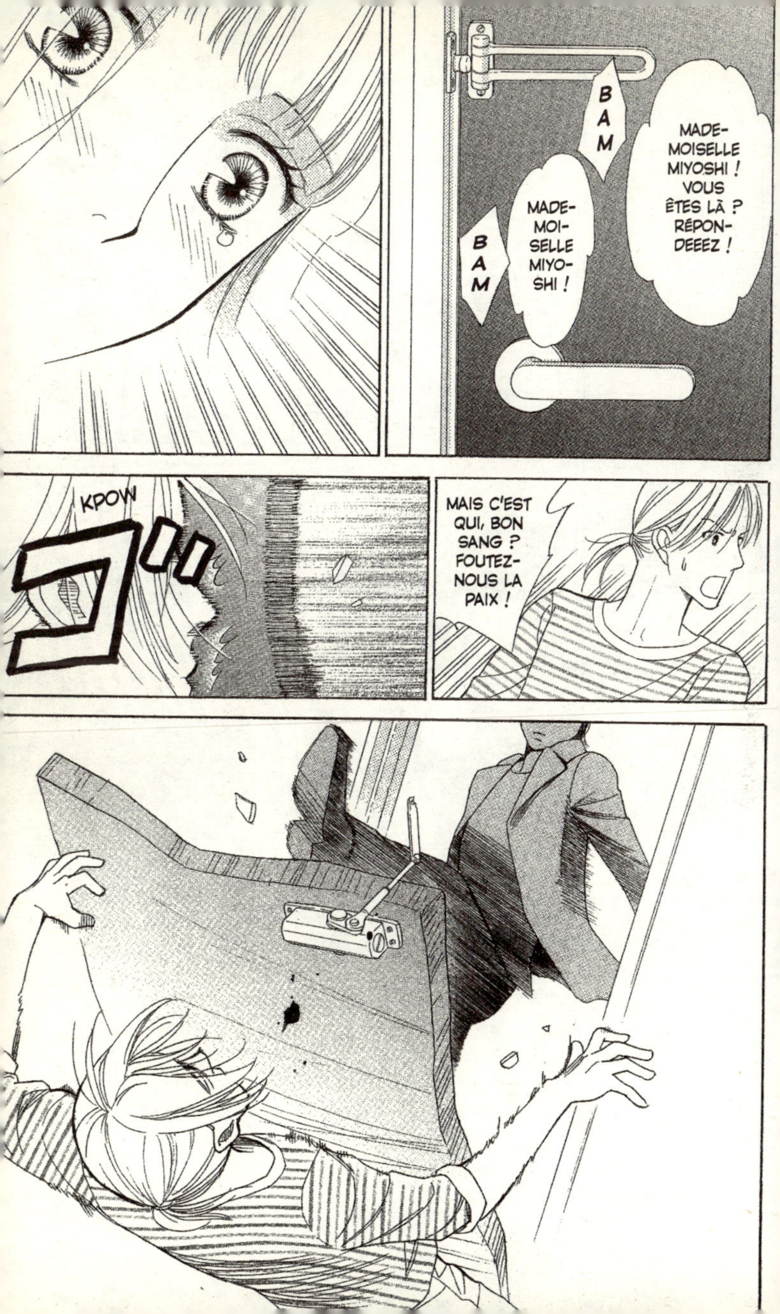
MADE-MOISELLE MIYOSHI ! VOUS ÊTES LÀ ? RÉPON-DEEEZ !
BAM
MADE-MOI-SELLE MIYO-SHI !
BAM
MAIS C'EST QUI, BON SANG ? FOUTEZ-NOUS LA PAIX !
KPOW

KACLONG
!
ELLE EST SORTIE DE SES GONDS...
BAH ?
"BAH" ? C'EST TOUT CE QUE ÇA T'INSPIRE ? JE TE PRÉVIENS, C'EST TOI QUI PAIERAS LES DÉGÂTS. MOI, J'AI RIEN À VOIR LÀ-DEDANS !
MAÎ...
AH...
MADE-MOISELLE MIYO-SHI ?

MMH... ...

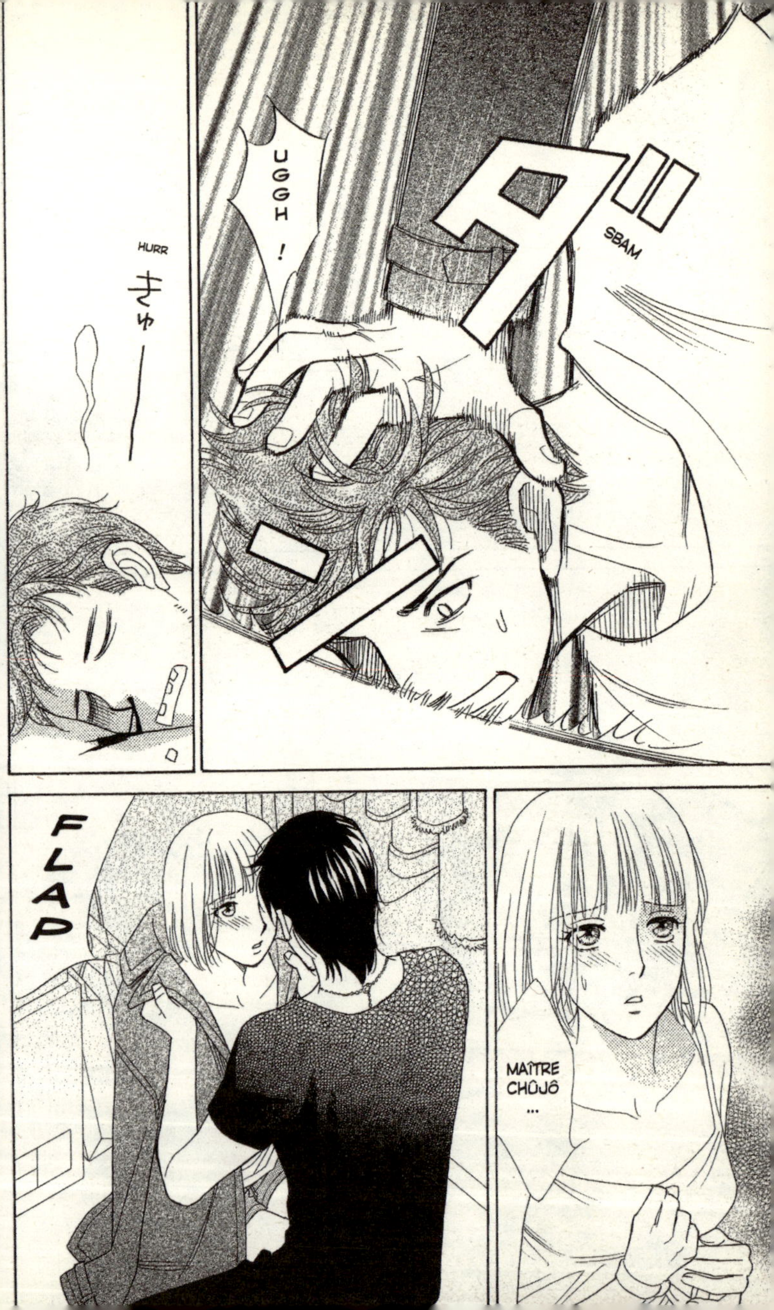
SBAM
UGGH !
HURR
きゅ—
FLAP
MAÎTRE CHÛJÔ ...

...
!
VOUS AVEZ DE LA FIÈVRE...
SEKI-SHÛSAI !
APPELLE LA POLICE ! JE TE CONFIE LA SUITE !
O... OK !
JE DIS QUOI À LA POLICE ?
SWUP

DIS-LEUR QU'ILS ONT FAIT PRENDRE UNE POSITION QUI POURRAIT ENDOMMAGER LES LIGNES DE SON CORPS À MADEMOISELLE MIYOSHI !
C'EST UN CRIME, NON ?!
ダ TAP
ダ TAP
ダ TAP
ダ TAP
ダ TAP
TAP
C'EST QUOI, CES LOIS PERSOS...?

AAH...
C'EST MAÎ-TRE CHÛJÔ ...
MON MAÎTRE CHÛJÔ...
VOILÀ, CHAN-GEZ-VOUS !
JE SAIS QUE ÇA DOIT VOUS RÉPUGNER, MAIS VOUS DEVREZ VOUS CONTENTER D'ESSUYER VOTRE CORPS AVEC UNE SERVIETTE.

FLOP ぱ
FLOP ぱ
FLOP FLOP ぱぱ
TENEZ, DE L'EAU. ET UNE SERVIETTE. JE VOUS AI ÉPLUCHÉ UNE POMME, MANGEZ-LA, PRENEZ VOS MÉDICAMENTS, METTEZ-VOUS AU CHAUD ET REPOSEZ-VOUS !
M... MAÎTRE, ÇA VA MAINTENANT, JE VOUS ASSURE !
LES GOUTTES QUE J'AI PRISES M'ONT DÉJÀ FAIT BEAUCOUP DE BIEN.
ET PUIS, JE...
... JE SUIS PARTIE D'ICI SANS RIEN DIRE, JE NE PEUX PAS VOUS DEMANDER DE VOUS OCCUPER DE MOI COMME ÇA...
DITES DONC !
VOUS PRENDREZ DE GRANDS AIRS QUAND VOUS SEREZ EN BONNE SANTÉ !
VOUS AVEZ CONSCIENCE DE TOUT CE QUE VOUS AVEZ ENDURÉ AUJOURD'HUI ?

J'AI REÇU UN MAIL DE SEKI-SHÛSAI TOUT À L'HEURE.
JE SAIS CE QUE CES DEUX HOMMES FAISAIENT.
APPAREM-MENT, ILS ONT TOUT AVOUÉ À LA POLICE.
EN TANT QUE VICTIME, VOUS ALLEZ DEVOIR TÉMOIGNER AU POSTE DE POLICE.
JE SAIS QUE CE SERA TRÈS DUR POUR VOUS.
LA SITUATION SERA ENCORE PLUS HORRIBLE SI VOUS N'AVEZ NI MANGÉ, NI DORMI ET QUE VOUS N'AVEZ PERSONNE À QUI EN PARLER !

LUI QUI D'HABITUDE EST INCAPABLE DE LIRE ENTRE LES LIGNES...
COMMENT PEUT-IL ÊTRE SI À L'ÉCOUTE DE MES BESOINS MAINTENANT ?
...
C'EST DE LA TRICHE !
MADEMOISELLE MIYOSHI... AVANT DE PARTIR DE CHEZ MOI...
... VOUS AVEZ DIT QUE VOUS M'AIMIEZ.
"JE VOUS AIME."

BLUSH
...!!
JE RETIRE CE QUE J'AI DIT ! IL EST COMPLÈTEMENT À L'OUEST. COMME SI C'ÉTAIT LE MOMENT DE PARLER DE ÇA !!
...
VOUS ...
ENFIN ...
...
N'HÉSITEZ PAS COMME ÇA !
QU'EST-CE QUE VOUS VOULEZ DIRE ?! "ÇA ME DÉPLAÎT" ?! "RESTONS AMIS" ?!
NON, JE NE PEUX PAS DEMANDER À MAÎTRE CHÛJÔ DE LIRE À CE POINT DANS LE FOND DE MON CŒUR, SURTOUT QUE D'HABITUDE, IL EST PLUTÔT DU GENRE À RÉPONDRE : "JE VOUS AIME AUSSI", JUSTE POUR ÊTRE CONCILIANT.
MOI AUSSI JE VOUS AIME, MADEMOISELLE MIYOSHI.
QU'EST-CE QUE JE DISAIS ?
C'EST ÇA, C'EST ÇA. ET QUOI D'AUTRE ?

ALORS ...
... J'AI-MERAIS VOUS PRENDRE DANS MES BRAS.

ME PRENDRE DANS SES BRAS ?
AH, ME SERRER DEUX SECONDES DANS SES BRAS ET ME RELÂCHER, COMME D'HABITUDE ?
...
NE PARTEZ PAS DE CHEZ MOI...
... ET NE FAITES PLUS RIEN QUI VOUS IMPRÈGNE DE L'ODEUR D'UN AUTRE HOMME.
PARCE QUE ÇA ME DÉTRUIT.

YOSHIKO !
JE... JE T'AIME PLUS QUE JE NE LE CROYAIS.

OUI, C'EST BIEN LUI.
UN CADEAU SI MERVEIL-LEUX ET SI IMPRÉVU...
JE SUIS...

... SI HEU-REUSE QUE J'AI L'IMPRESSION QUE JE VAIS EXPLOSER.
TWIC
TWIC
TWIC
TWIC
TWIC
MH...
...

BON-JOUR !
CE QUE TU PEUX ÊTRE BELLE !
JE...
... SUIS HEUREUX D'AVOIR DÉCOUVERT CETTE NOUVELLE EXPRESSION SUR TON VISAGE.

ET SOUS CET ANGLE, QUAND TU LÈVES LE BRAS, IL Y A UNE OMBRE QUI TOMBE JUSTE À CET ENDROIT...
... ET C'EST SEXY À EN MOURIR.
...!!
BLUUSH
...
JE VOUDRAIS LA REVOIR.
TU VEUX BIEN ?

OUI...
DING DONG
SALUT !
FÉLICITATIONS POUR VOTRE DÉMÉNAGEMENT & CONCUBINAGE !
BONJOUR, TOMO !
... ET SEKI-SHÛSAI ?

LE JOUR DE L'AGRESSION, C'EST EN COMMUNIQUANT AVEC TOMO QUE J'AI RÉUSSI À TROUVER OÙ CES GARS AVAIENT EMMENÉ MADEMOISELLE MIYOSHI.
ET DEPUIS, NOUS SOMMES DEVENUS...
DE SIMPLES CONNAISSANCES.
ARRGH !
AH, PROFESSEUR SEKISHÛSAI, ALLEZ DONC NOUS ACHETER DES BISCUITS POUR LE THÉ !
LE PAUVRE...
...
VINGT MINUTES PAR POSE AVEC QUELQUES MINUTES DE REPOS ENTRE CHAQUE !
JE COMPTE SUR VOUS, "MADEMOISELLE MIYOSHI" !
D'ACCORD, "MAÎTRE CHÛJÔ" !

JE M'APPELLE YOSHIKO.
JE SUIS TOUJOURS UN MANNEQUIN SANS SUCCÈS.
ALLEZ ! LAISSE-MOI FAIRE UNE STATUE DE NU !
NAN !
MAIS JE SUIS LE MODÈLE D'UN HOMME QUI TROUVE QUE JE SUIS LA PLUS BELLE FEMME AU MONDE.
JE SUIS LE MODÈLE EXCLUSIF...
... DE L'HOMME QUI M'AIME PLUS QUE QUICONQUE...
... ET QUI EST AUSSI L'AMOUR DE MA VIE.

FIN

④ POUR FINIR, LE SURPRENANT CURRY DE LA CANTINE !

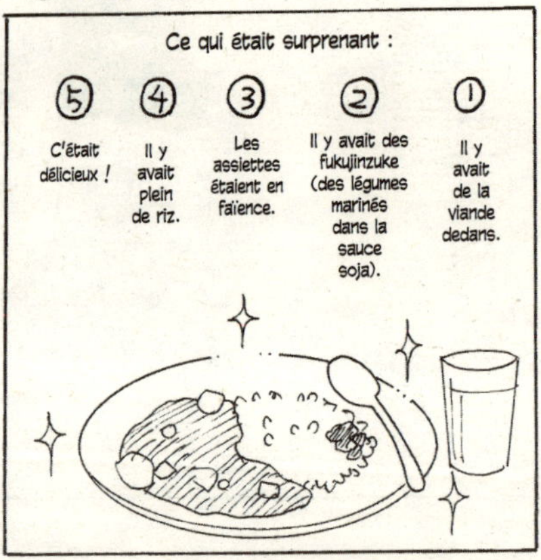

De mon temps, quand on se disait : "*Oh, tiens, il y a de la viande !*", on s'apercevait que c'était en fait des boules de farine.

PHILTRE
D'AMOUR

LE FAMEUX "JE NE TOMBERAI PLUS JAMAIS AMOUREUX/SE" ... ... C'EST ...
... JUSTE LE CONSTAT D'ÉCHEC PLEIN DE MAUVAISE FOI DE CEUX QUI N'ARRIVENT PAS À TIRER UN TRAIT SUR UN AMOUR TERMINÉ.
TAKECHI !!
TU ES L'HOMME LE PLUS PITOYABLE QUE JE CON-NAISSE !

TOI ! COMMENT AS-TU OSÉ PLANTER MON AMIE SUR PLACE ET T'EN ALLER, HIER ?!
J'AI PAYÉ MON CAFÉ AVANT DE RENTRER CHEZ MOI.
IMBÉCILE ! ELLE EST FURIEUSE À CAUSE DE TOI !!
RAAAAH !
ÇA VA FAIRE LA TROISIÈME, TU SAIS ? JE TE PRÉSENTE MES AMIES LES PLUS BELLES, QU'EST-CE QUI NE TE PLAÎT PAS, BON SANG ?!

JE NE ME RAPPELLE PAS T'AVOIR DEMANDÉ DE ME PRÉSENTER TES AMIES.
SI TU CONTINUES À PARLER COMME ÇA, TU FINIRAS VIEUX ET SEUL !
KRR
KRR
FUJII-DERA !
TU N'AS PAS À T'INQUIÉTER POUR MOI. J'AI YURI ET KINAKO.
C... C'EST QUI, ÇA ?!

CE SONT LES NOMS DES CHATS QUE J'ACHÈTERAI QUAND JE SERAI VIEUX ET SEUL.
AH. CHOUETTE.
MADAME HIGASHIDA, LA MANIPULATION DES MÉDICAMENTS ET DE L'INHALATEUR A UN PEU CHANGÉ.
SI VOUS AVEZ LE MOINDRE PROBLÈME, N'HÉSITEZ PAS À NOUS APPELER.
PRENEZ SOIN DE VOUS !
D'ACCORD, D'ACCORD, MERCI, TAKECHI, VOUS ÊTES TOUJOURS AUSSI SERVIABLE !
"YURI ET KINAKO", JE T'EN FICHERAIS, MOI ! VIEUX GARÇON DE VINGT-SIX ANS !
TU AS MIEUX À FAIRE QUE DE T'INQUIÉTER POUR LES AUTRES, VIEILLE FILLE DE VINGT-SIX ANS.
HUH
TAKECHI ET VOUS, MADEMOISELLE FUJIIDERA, VOUS VENEZ DE LA MÊME ÉCOLE, TRAVAILLEZ ENSEMBLE...
... ÊTES TRÈS AMIS ET CÉLIBATAIRES TOUS LES DEUX...
... NON ?

POURQUOI NE PAS VOUS MARIER ENSEMBLE ? ♡
VOUS VOULEZ QU'ON SERVE D'INTERMÉDIAIRES ?
ÇA ME MET MAL À L'AISE QUAND ON ME DIT CE GENRE DE CHOSES.
*PHARMACIE SENAMI — ACCUEIL PRESCRIPTION
PARCE QUE C'EST...
... UN AMI PRÉCIEUX.
*セナミ薬局
処方せん受付
MERCI BEAUCOUP.
PRENEZ SOIN DE VOUS !
TAKECHI, VENDREDI PROCHAIN...
SI C'EST POUR UNE SOIRÉE DE CÉLIBATAIRES OU UN RENCARD ARRANGÉ, C'EST NON.
CE N'EST PAS ÇA.
C'EST UNE RÉUNION D'ANCIENS ÉLÈVES DU SÉMINAIRE.
TU VAS Y ALLER, NON ?

...
...
QU...
QUOI ?!
ÇA...
... ÇA FAIT QUATRE ANS QU'ON NE S'EST PAS RÉUNIS !
J'AI ENVIE DE LES REVOIR !
...

ÇA VA ALLER...
... POUR TOI ?
IL S'EST ÉCOULÉ QUATRE ANS.
ÇA IRA.
EN QUATRIÈME ANNÉE DE FAC, J'AI EU UN GROS CHAGRIN D'AMOUR.

MON PETIT AMI, QUI ÉTAIT DANS LE MÊME SÉMINAIRE QUE MOI, M'A TROMPÉE AVEC LA CHARGÉE DE COURS, UNE FEMME MARIÉE PLUS ÂGÉE QUE LUI.
IL N'ARRIVAIT PAS À CHOISIR ENTRE NOUS DEUX, C'ÉTAIT UN VRAI MARASME.
JE PASSAIS MON TEMPS À PLEURER, J'ÉTAIS UNE VRAIE LOQUE.
"TU PLEURERAS QUAND TU AURAS TERMINÉ TON ESSAI DE FIN D'ÉTUDES. À CE MOMENT-LÀ, JE TE PRÊTERAI MÊME MON ÉPAULE SI TU VEUX !"
CLANG
CLANG
C'EST GRÂCE À TAKECHI QUE JE M'EN SUIS SORTIE...
CLANG
C'EST GRÂCE À TOI QUE J'AI PU AVOIR MON DIPLÔME, TAKECHI, MERCI !
TOUT À FAIT. TU DEVRAIS ME BAISER LES PIEDS.
CLANG

JE VEUX QUE TU SOIS HEUREUX !
JE NE SUIS PAS MALHEU-REUX.
OK, POUR TON PROCHAIN RENDEZ-VOUS ARRANGÉ, JE VAIS SORTIR L'ARME SECRÈTE, UNE AMIE D'ENFANCE VRAIMENT, VRAIMENT CANON !
TU AS ENTENDU CE QUE JE VIENS DE DIRE, FUJII-DERA ?
C'EST MON MEILLEUR AMI.

RÉCEPTION PRIVÉE
FUJIIDERA, ÇA FAIT SI LONG-TEMPS ! QUATRE ANS ?
TU ES AU COURANT ? MACHIDA A LAISSÉ TOMBER LA PHARMACIE ET EST DEVENU ÉCRIVAIN !
MEGU-MI ?!
C'EST TOI, ME-GUMI ?!
...!

TU AS L'AIR EN FORME.
ET TU ES DEVENUE TRÈS JOLIE !
...
JE VOIS QU'IL EST TOUJOURS AUSSI ADEPTE DU FLIRT À DEUX BALLES...
I... INOUE, COMMENT VA TA PETITE AMIE ? VOUS VOUS ÊTES MARIÉS ?
NON, ON A ROMPU IL Y A QUATRE ANS.
AH BON, IL Y A QUATRE ANS.
IL Y A...
... QUATRE ANS ?!
ELLE M'A DIT QU'ELLE PRÉFÉRAIT RESTER AVEC SON MARI. HA ! HA ! HA !
IL N'Y A PAS DE QUOI RIRE !
ALORS C'EST ARRIVÉ JUSTE APRÈS QU'ON A ROMPU ?! CARRÉMENT ?!
MES QUATRE ANNÉES DE LARMES ME PÈSENT LOURD SUR L'ESTOMAC.

ET TOI, MEGUMI, TU ES LIBRE AUSSI ?
SI JE MÉLANGE TEL ET TEL MÉDICAMENTS ET QUE JE LES VERSE DANS SON VERRE, JE POURRAI FAIRE PASSER ÇA POUR UNE MORT NATURELLE.
PAS DE MÉLANGE, MEGUMI, C'EST DANGEREUX !
ET ALORS...?
MEGUMI !
ET SI TU ME LAISSAIS ME FAIRE PARDONNER ?

MEGUMI !
ATTENDS !
FUJIIDERA !

CE SALAUD ...
... M'A TRAITÉE COMME SI J'ÉTAIS UNE FEMME BOUCHE-TROU.
ET POURTANT...
...
... ÇA M'A ÉBRANLÉE.
UH...

JE TE PRÊTE...
... MON ÉPAULE.

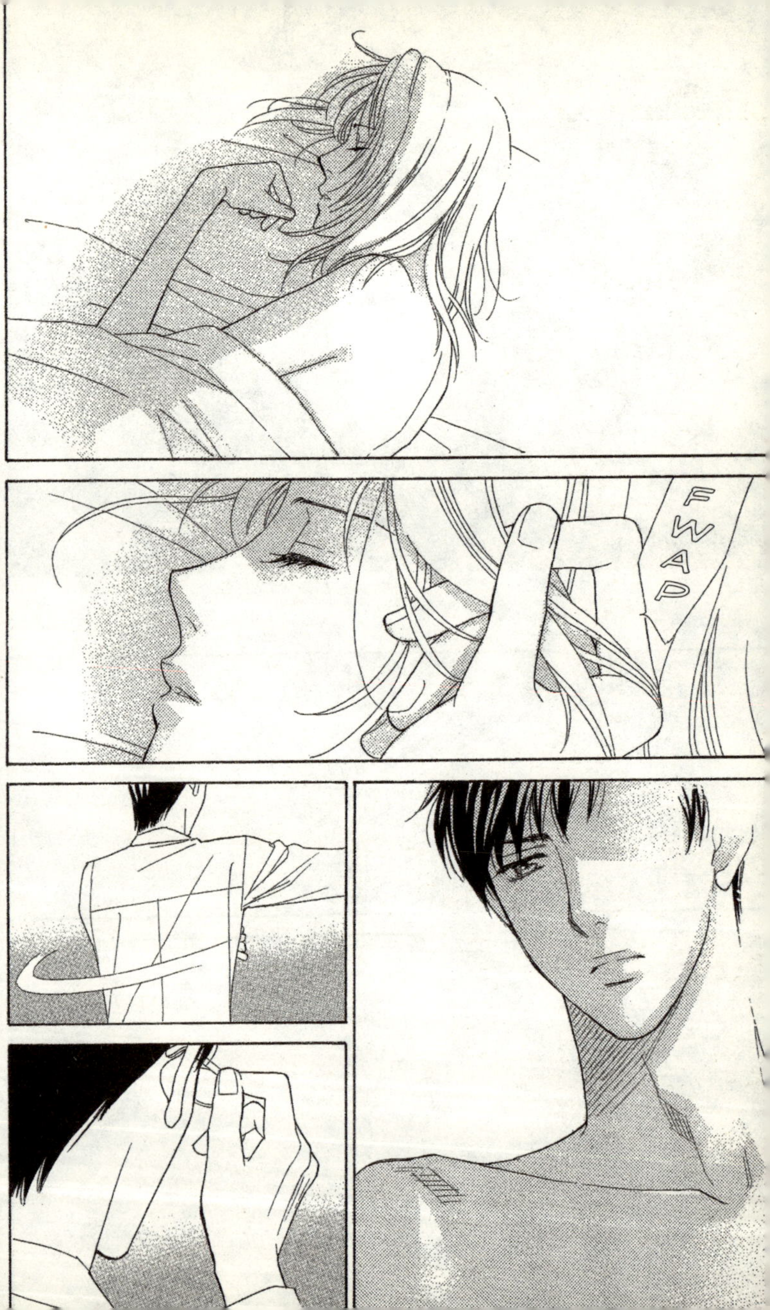
FWAP

*PHARMACIE SENAMI
ACCUEIL PRESCRIPTION
CLAC...
QU'EST-CE QUE JE VAIS FAIRE, MAINTENANT ?
CRAAAASH
セナミ薬局
処方せん受付 *

CLANG
CLANG
PAF
CLAC
FUJIIDERA...
LAISSE ÇA ET OCCUPE-TOI DE L'ARRIÈRE-BOUTIQUE, D'ACCORD ?
OUI...
SNIF

ARRÊTE DE RÊVAS-SER.
UNE SEULE FAUTE D'INAT-TENTION PEUT CONDUIRE À LA MORT DE QUELQU'UN.
BDUM
...
BDUM
BDUM
BDUM
BDUM
BDUM

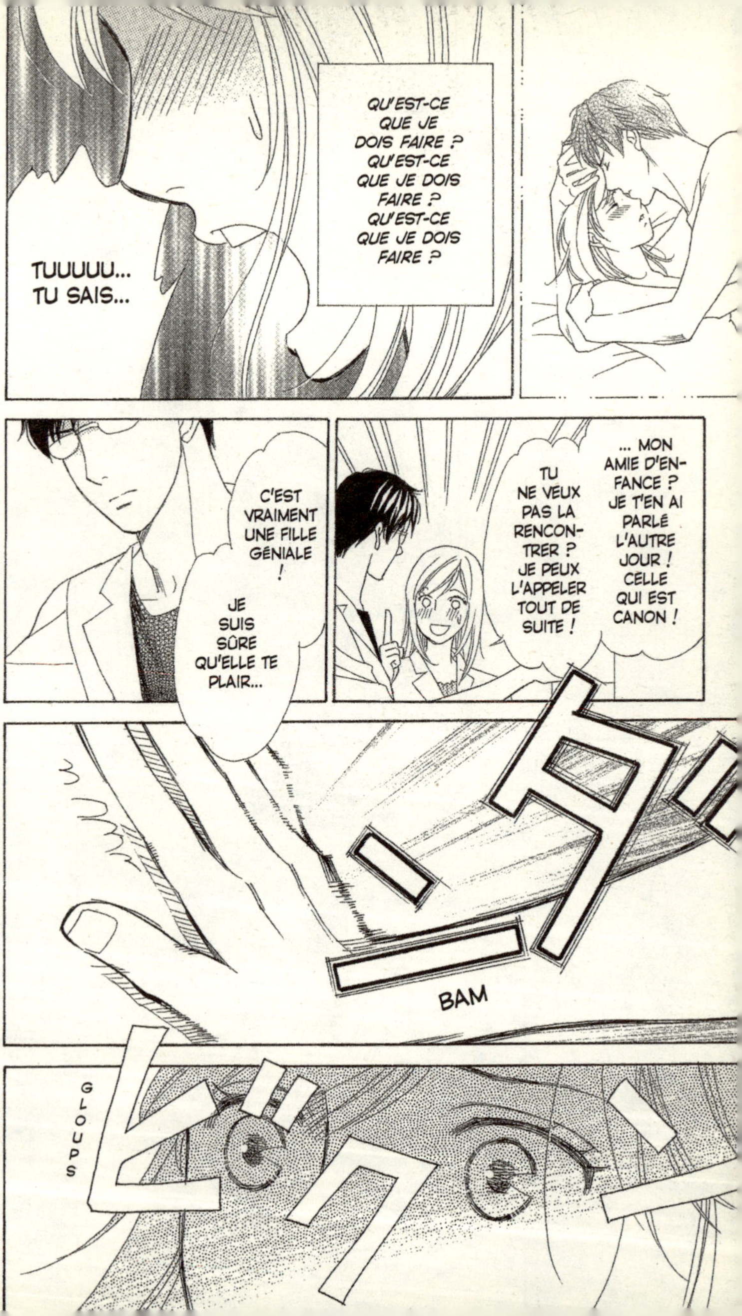
QU'EST-CE QUE JE DOIS FAIRE ? QU'EST-CE QUE JE DOIS FAIRE ? QU'EST-CE QUE JE DOIS FAIRE ?
TUUUUU... TU SAIS...
... MON AMIE D'EN-FANCE ? JE T'EN AI PARLÉ L'AUTRE JOUR ! CELLE QUI EST CANON !
TU NE VEUX PAS LA RENCON-TRER ? JE PEUX L'APPELER TOUT DE SUITE !
C'EST VRAIMENT UNE FILLE GÉNIALE !
JE SUIS SÛRE QU'ELLE TE PLAIR...
BAM
GLOUPS

SWUP
GLOUPS
IL PARAÎT QUE ÇA S'APPELLE DES "CHOUCHOUS". JE ME SUIS DIT QUE ÇA FERAIT PEUT-ÊTRE DE JOLIS COLLIERS POUR YURI ET KINAKO.
YURI & SACHIKO VIRTUELLES
PETIT PRIX
EUH...
FWAP
HIII ?!
TU AS LES CHEVEUX DANS LA FIGURE.
ATTACHE-LES !
MAIS ARR...
...

BDUM
BDUM
BDUM
L'ODEUR DE SA PEAU COMME CETTE NUIT...
SES DOIGTS LONGS ET FINS ET SON SOUFFLE...
... CARESSENT MES CHEVEUX.
MON CORPS EST SECOUÉ DE DOUX FRISSONS.

QU'EST-CE QUE JE VAIS FAIRE... ?
OH MAIS !
C'EST CHOU CE QUE VOUS AVEZ DANS LES CHEVEUX, MADEMOISELLE FUJIIDERA !
HM
HM
...
CHOU SONT LES CHOU-CHOUS DE YURI ET KINAKO...
C'EST QUOI ÇA, ON DIRAIT UNE MALÉ-DICTION !
QUOI ?

OH LÀ ! LÀ ! LÀ !
MONSIEUR NISHIYAMA, VOS MÉDICAMENTS SONT PRÊTS.
?
?
WIIIZ
MEGUMI !
ÇA M'A FAIT PLAISIR DE TE VOIR HIER.
JE PASSAIS DANS LE COIN POUR MON TRAVAIL...
AH... AH BON ?
AU FAIT, C'EST VRAI QUE TAKECHI TRAVAILLE ICI AUSSI ?
TU SAIS QU'IL EN A TOUJOURS PINCÉ POUR TOI ?
CE QU'IL PEUT ÊTRE CRÉTIN ! TU VEUX QUE JE LUI DISE DE TE FICHER LA PAIX ?
VA-T'EN, JE TE PRIE !

JE TRAVAILLE. MAIS PEUT-ÊTRE QUE TU VEUX QUE JE TE PRÉPARE UN REMÈDE CONTRE LA BÊTISE ?
JE... JE VOULAIS JUSTE TE FAIRE DES EXCUSES !
C'EST PAS BIEN DE RESTER SEULE, ÇA FLÉTRIT LE CŒUR ET LE VISAGE !
AIDE-MOI, TAKECHI ! CE CRÉTIN NE VEUT PAS S'ARRÊTER.
MEGUMI !
LÀ...
... SUR TON COU...
MON COU ?

DES SUÇONS ?!
TA !
セナミ薬局
処方せん受付 *
*PHARMACIE SENAMI – ACCUEIL PRESCRIPTION
TAKECHI!!!!!!
TAP TAP
TAP TAP TAP TAP
... DIT-ELLE !
OH !
OH ! OH !

CE SALOPARD D'INOUE EST VENU PILE AU BON MOMENT. J'ESPÈRE QU'IL DÉPRIME À MORT.
すごすご
SNIF SNIF
JE ME CONTRE-FICHE D'INOUE, TU DEVRAIS AVOIR HONTE DE TOI !!
MOI, JE ME SENS TRÈS BIEN.
APRÈS QUATRE ANNÉES D'ATTENTE, J'AI ENFIN PU ME VENGER DE MON ENNEMI.
...

TAKE-CHI...
QUOI, TU VEUX ENCORE TE PLAINDRE DE QUELQUE CHOSE...?
TAKECHI !
JE T'AIME !

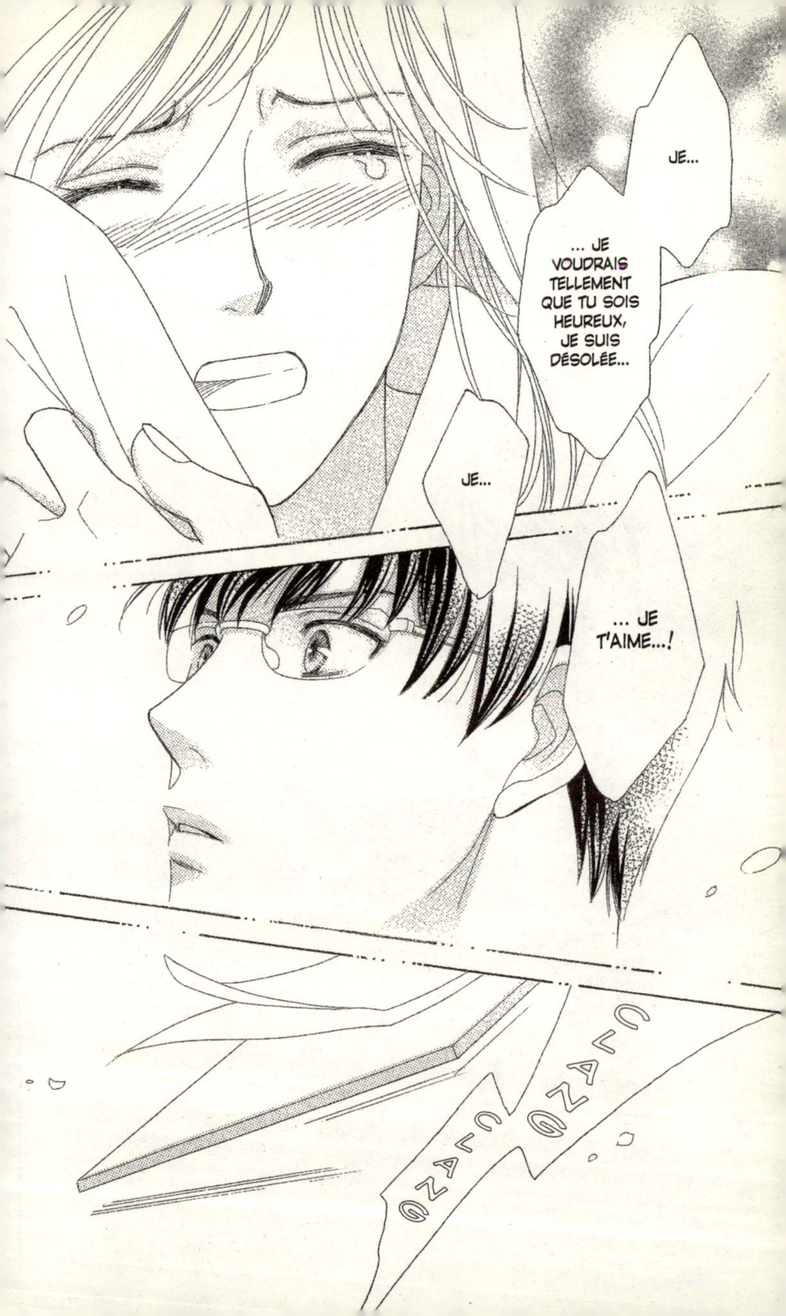
JE...
... JE VOUDRAIS TELLEMENT QUE TU SOIS HEUREUX, JE SUIS DÉSOLÉE...
JE...
... JE T'AIME...!
CLAZG CLAZG

OOOOOOH !
QUE C'EST BEAAAU !
JE ME SENS RAJEUNIR !
VOUS M'EN VOYEZ RAVIE.
JE SUIS DEÇU.
HEIN ...?
JE NE VAIS PLUS POU-VOIR...
... ADOP-TER YURI ET KINAKO !

QUAND J'AI RÉALISÉ QUE C'ÉTAIT UNE DEMANDE EN MARIAGE TRÈS DÉTOURNÉE...
... MON MEIL-LEUR AMI...
... AVAIT LE VISAGE DE L'HOMME QUE J'AIMAIS LE PLUS AU MONDE.
PHILTRE D'AMOUR – FIN

LE MESSAGE DE L'AUTEURE

Merci d'avoir acheté le tome deux de ce manga.
C'est une série qui aura été très difficile pour moi, il y a même eu des moments où j'ai cru que j'allais me mettre à pleurer, mais Taji, mon deuxième responsable éditorial m'a dit : "D'accord, on va arrêter avec tout ce qui est une perte de temps ! Courage, miss Yoshihara !"
Et m'a tellement soutenue que j'ai réussi à la dessiner jusqu'au bout. Merci, Taji !
Un grand merci également aux gens de l'université ♡ qui m'ont accueillie et encouragée.
Pour *Philtre d'amour*, je dois beaucoup à la pharmacienne Shizuka Kawada. Merci de toute l'aide que vous m'avez apportée, vous êtes sublime quand vous travaillez !
Si vous voulez m'envoyer de la potion magique pour que je garde le moral, elle sera la bienvenue.

101-8001 Tokyo-To Chiyoda-Ku Hitotsubashi 2-3-1
Shogakukan Petit Comic Henshubu
Yoshihara Yuki

HONEY BLOOD 1

Miko MITSUKI

Série en 3 tomes

Dans le quartier où vit **Hinata Sorazono**, des jeunes filles ont été agressées et vidées de leur sang. Le nouveau voisin de Hinata, **Junya Tokinaga**, est un écrivain réputé pour ses histoires de vampires. Le comportement étrange du romancier pousse la jeune fille à mener son enquête et à le suivre dans ses sorties nocturnes…

SHOJO

FOCUS ON

panini manga

www.paninimanga.fr

HONEY HUNT

Miki Aihara

Série en 6 volumes

Après *Hot Gimmick*, **Miki Aihara** nous raconte la quête vengeresse (et hilarante) de **Yura**. La jeune fille n'a pas digéré que son actrice de maman se montre si peu enthousiaste d'obtenir sa garde lors de son divorce. Elle décide alors de l'atteindre en plein cœur en lui volant la vedette ! Elle va devenir une star vénérée de tous et fera oublier sa chère maman. Mais c'est un projet bien ambitieux que de pénétrer l'impitoyable milieu du show-business quand on n'a hérité d'aucun don de ses parents prodiges, et qu'on est jeune et inexpérimentée…

SHOJO

FOCUS ON

PANINI MANGA

www.paninimanga.fr

RHAPSODY IN HEAVEN

Série en 3 tomes

Miyu vient d'intégrer l'excellent lycée Tenkai grâce à ses talents de nageuse. Son premier jour de cours est aussi celui de son premier baiser donné par un bel inconnu : **Aoi**. Elle ne reste cependant guère longtemps sur son nuage, car dès le lendemain, elle apprend que le club de natation a été fermé. Son avenir au sein de l'école est donc compromis. Tandis qu'elle travaille d'arrache-pied avec son ami d'enfance, **Kaichi**, afin d'obtenir des résultats suffisants pour leur permettre de rester, elle retrouve le troublant garçon qui l'a embrassée. Une histoire passionnelle débute pour notre héroïne qui va connaître la trahison, le sexe, les désillusions… Un shôjo passionnant, destiné à un public plus mature.

SHOJO

GALISM

Mayumi Yokoyama
Série en 6 volumes

Les trois sœurs **Ugajin** sont folles de joie : leurs parents quittent la maison ! En effet, papa et maman Ugajin sont des aventuriers et ils partent en mission pour plusieurs mois, laissant leurs filles vivre comme bon leur semble. Enfin, c'est ce qu'elles s'imaginent. La visite de **Manten Gakuen**, l'ancien proviseur de leur lycée, vient compromettre leur projet. C'est lui qui a sponsorisé l'expédition de leurs parents et ce sont elles qui vont devoir rembourser leur dette. Pour cela rien de plus facile, elles doivent simplement maintenir l'ordre dans leur lycée en toute discrétion. Sacrée mission pour nos héroïnes rebelles !

SHOJO

Directeur de l'édition française
ALAIN GUERRINI
Directeur division publishing
SÉBASTIEN DALLAIN
Comité de direction
A. GUERRINI
S. DALLAIN
H. FUMET
Directeur éditorial européen
MARCO M. LUPOI
Responsable éditorial
WALTER DE MARCHI
Responsable marketing opérationnel
MAGALIE BRUTIN
Chef des ventes
GUILLAUME COUÉ
Coordinatrice commerciale
VALÉRIE BRYNDZA
Contrôleur de gestion
JÉRÔME TASSEL
Communication et relations presse
SOPHIE CONY
Coordinateurs éditoriaux
MATTEO LOSSO
ANNA RODELLA
Supervision
LAETITIA SAMMARTINO
Rédaction
VÉRONIQUE PARRA
SANDRINE VAUBOIS
Rédacteur
MATTIA DAL CORNO
Directeur artistique
MARIO CORTICELLI
Conceptrice graphique
SABRINA PIU
Maquettiste
CHIARA BENASSI
Responsable production
ALESSANDRO NALLI
Avec la collaboration de
J. BAGLIO, A. JODKOWSKI, MPG
et de toute l'équipe de Panini.

VENUS NI ARAZU 2
ISBN : 978-2-8094-2084-5

Un ouvrage PANINI MANGA / PANINI FRANCE S.A.

Commercialisation et relations média :
PANINI FRANCE S.A.
Z.I. SECTEUR D - B.P. 62
06702 SAINT-LAURENT-DU-VAR CEDEX
www.paninimanga.fr
presse-bd@panini.fr
Tél. 04 92 12 57 57
Fax 04 92 12 57 58

Scénario et dessin
YUKI YOSHIHARA

Traduction
XAVIÈRE DAUMARIE

Lettrage
BARBARA STAVEL

ATTENTION !

Afin de respecter l'œuvre, ce volume est présenté dans son sens de lecture original. Vous êtes ici à la fin du volume. Commencez par la dernière page et lisez les bulles de droite à gauche.